Emanuel Geibel

Meister Andrea

Lustspiel in 2 Aufzügen

Emanuel Geibel

Meister Andrea
Lustspiel in 2 Aufzügen

ISBN/EAN: 9783742898036

Hergestellt in Europa, USA, Kanada, Australien, Japan

Cover: Foto ©Andreas Hilbeck / pixelio.de

Manufactured and distributed by brebook publishing software
(www.brebook.com)

Emanuel Geibel

Meister Andrea

Meister Andrea.

Lustspiel in zwei Aufzügen

von

Emanuel Geibel.

Zweite Auflage.

———————

Stuttgart.

Verlag der J. G. Cotta'schen Buchhandlung.

1873.

Perfonen.

Andrea, Bildschnitzer.
Matteo, Musikmeister.
Pandolfo, deffen Bruder, Bildhauer.
Buffalmaco, Maler.
Luigi, Poet.
Calandrino, Kupferstecher.
Leonetto, Baumeister.
Malgherita, Matteo's Mündel.
Sylvia, deren Zofe.
Bruder Cyprianus.
Pasquale, Geheimschreiber des Cardinals von Coma=
    lunga.
Erster
Zweiter } Musikant.
Dritter
Gerichtsperson.
Wache.
Ein Page.

Das Stück spielt zu Florenz.

———————

Erster Aufzug.

Eine Straße zu Florenz. Im Hintergrunde stattliche Gebäude, ein Brunnen, Bäume. Links vom Zuschauer breitvorspringend Andrea's Haus, an demselben ein Altan, zu welchem von innen eine Glasthüre führt; rechts zur Seite der Bogen eines Stadtthores mit der Bildsäule Sankt Peters.

Erster Auftritt.

Es kommen **Pandolfo** und **Matteo**, letzterer reise=
fertig und mit Noten bepackt. Beim Aufgehen des Vor=
hanges hört man es Sechs schlagen.

Matteo.

Sechs Uhr! Da schlägt es. Wo bleibt nur das Maulthier, das ich hieher ans Thor be= stellte? Mir ist wie dem Kriegsmann vor der Schlacht; der Boden brennt mir unter den Füßen.

Pandolfo.

Geduld! Geduld! Was haft du zu verſäu=
men, da das Muſenfeſt in Prato erſt morgen
in der Frühe beginnt? Du kommſt noch immer
zeitig genug, um zu ſiegen.

Matteo.

Sprich nicht ſo zuverſichtlich! Und doch hoff'
ich mit dir. Sie iſt in der That trefflich ge=
arbeitet, meine Cantate hier. Dazu der prächtige
Stoff: König Nebukadnezar! Zuerſt der Sturz
von Babylon, nichts als Poſaunen, Pauken
und Kriegsdrommeten; und dann wieder das
Graſen des entſetzlichen Tyrannen, das ich mit
obligaten Hoboen paſtorale behandelt habe. Ge=
wiß, das iſt neu, das überraſcht, das muß
wirken.

Pandolfo.

Ich zweifle nicht. Aber du nannteſt vorhin
Calandrino und ſprachſt von einem Auftrage.

Matteo.

Richtig! Er hat eine Verſchreibung von mir
in Händen, die heute fällig wird. Nimm hier die
fünfzig Zechinen und bring die Sache ſo bald als
möglich in Ordnung. (Giebt Pandolfo eine Börſe.)

Pandolfo.

Sie soll noch heut' erledigt werden. Ich treffe den Kupferstecher ohnehin diesen Abend bei Andrea, der uns mit andern Freunden auf einen wilden Schweinskopf und ein Dutzend Flaschen Orvieto eingeladen hat.

Matteo.

Wieder in Saus und Braus! Nun, wohl bekomm's. Wer ist denn der Andrea, der euch solche Gastereien giebt?

Pandolfo.

Ei, der dicke Bildschnitzer da drüben, der seltsame Hypochonder. Kennst du ihn nicht? Dir wird er freilich geflissentlich aus dem Wege gegangen sein. Denn er verabscheut die Musik, als wäre sie eine Erfindung des Bösen. Aber den Wein liebt er und trinkt er, und zwar allezeit den besten, der zu finden ist. Darum wird ihm auch keiner seiner Gäste ausbleiben, am wenigsten Calandrino, für den die Rundung einer bauchigen Korbflasche mehr Bezauberndes hat, als der schlanke Wuchs von hundert Aphroditen.

Matteo.

Wohl, so mag denn der Wein bei dem

Schuldgeschäft Gevatter stehn. — Aber nun noch eins, Pandolfo. Gib mir Acht auf Malgheriten.

Pandolfo.

Was soll's mit ihr? Wir haben sie ja eingeschlossen.

Matteo.

Als ob's mit dem Einschließen allein gethan wäre! Nein, bleib mir wenigstens morgen fein im Hause, damit kein Unheil geschieht. Ich kenne die Weiber. Mögen sie sich noch so taubenfromm gebärden, die Unruhe sitzt ihnen allen im Leibe, und zumal wenn sie sechzehn Jahre alt sind, wie Malgherita. Da ist kein Fenster zu hoch, keine Thürspalte zu eng, sie machen eine Heerstraße daraus, um verliebten Handel anzuknüpfen. Und nicht etwa mit irgend einem würdigen Manne, sondern mit dem ersten besten Hasenfuß, welcher Maulaffen und Empfindungen feil hat und Seufzer in den Kauf gibt.

Pandolfo.

Das ist der Lauf der Welt.

Matteo.

So? Dann ist's auch der Lauf der Welt, daß uns die Nägel lang wachsen, wie den

Chinesen. Aber ein vernünftiger Mann be-
schneidet sie. Und kurz und gut, ich will das
nicht, daß Malgherita sich verheirathet.

Pandolfo.

Aber —

Matteo.

Keine Einwendungen! Singt mir das Mädel
das dreifach gestrichene G bis in den Himmel
hinauf. Alle Sopranstimmen in ganz Florenz
sind neben der ihrigen nur Gänsegeschnatter,
und ich bin fest überzeugt, daß unser Herrgott
in dem Frühling, wo sie geboren ward, hundert
Nachtigallen weniger schuf als gewöhnlich, um
die ganze übriggebliebene Tonmasse ihr in die
Kehle zu gießen. Ich hab dir's hundertmal gesagt. Was soll ich anfangen, wenn sie mir
meine Compositionen nicht mehr singt! Ich bin
ein geschlagener Mann ohne das gestrichene G.

Pandolfo.

Aber der Tag wird doch kommen, wo —

Matteo (heftig).

Der Tag wird nicht kommen, darf nicht
kommen. Ich will ihr das Freien und die Freier
vertreiben, und wenn ich sie in einen Messing-

käficht einsperren müßte, wie eine Drossel. Sie ist nicht dazu geschaffen, daß sie heirathet, sondern daß sie G singt. — Und wenn's denn gar nicht ohne Hochzeit abgehen kann, so nehm' ich sie selbst, und damit Punktum!

Pandolfo.

Ich fürchte nur, wenn du ihr damit kommst, wird sie dir auch: Geh antworten.

Matteo.

Das sollte sie versuchen. Dafür bin ich Vormund. Trägt sie auch ihr Trotznäschen eine ganze Octav höher als andere Menschenkinder, ich will sie schon mürbe machen. Was aus dem Moll nicht geht, das geht aus dem Dur, und das kann ich an ihr probiren alle Tonarten durch.

Pandolfo (beschwichtigend).

Nun, nun, für heute versprech' ich dir sie redlich zu bewachen. Den Abend sitzt sie zu Hause im verschlossenen Zimmer und übt deine neue Cavatine ein; morgen soll auch nichts vor= fallen (sich gegen das Thor wendend). Aber sieh, da kommt dein Maulthier mit einem stattlichen Busch auf dem Kopfe. Ich geleite dich noch ein Stück Weges.

Matteo.

Du wirst tapfer ausschreiten müssen, wenn
du mit dem Paß des Thieres Takt halten willst.

Pandolfo.

Desto besser. Das schärft mir den Appetit
auf Andrea's Abendessen.

(Gehen ab durch das Thor.)

Zweiter Auftritt.

Andrea

(kommt aus seinem Hause. Er verschließt umständlich
die Hausthüre und hängt den Schlüsselbund an seinen
Gürtel).

So! Endlich hätt' ich denn den heiligen
Georg richtig aus dem Birnbaum heraus. Das
war ein sauer Stück Arbeit (wischt sich den Schweiß
ab). Ist aber auch ein prächtig Bildwerk ge=
worden, wie er so über den Drachen hersprengt,
und ihm die Lanze in den Leib stößt. Nur die
Vergoldungen fehlen noch. Das wird blitzen.

Aber nun will ich mir auch was zu Gute
thun. (Tiefaufathmend.) Ah! ein herrlicher Abend,
eine köstliche Luft, nicht zu warm, nicht zu kühl.

Der alte Jacopo am Garten Buondelmonte schenkt
einen köstlichen Aleatico. In der Laube am Ab=
hang sitzt sich's gut — Schatten da und kein
Zugwind, und besonders keine Musikanten. Ist
auch nicht zu weit, daß man sich erhitzen könnte.
Abgemacht! Dorthin gehn wir. (Geht ein paar
Schritte, bleibt stehen.) Vergessen hab' ich doch
nichts? Da stehen drei Kreidestriche auf meinem
Aermel, meine Warnungszeichen, damit endlich
unter den Leuten das dumme Geschwätz von
meiner Zerstreutheit aufhöre. Wart, was be=
deuten sie nur?

Richtig! der lange dünne da das ist der
lange Basilio, der Vergolder, zu dem ich morgen
in der Frühe schicken will — der kurze Strich
hier das ist Brigitta, das dicke Orangenweib,
die ich bei nächster Gelegenheit durchprügeln
muß, weil sie mir immer die faulen Früchte
vor die Werkstatt wirft — und hier der dritte
geschnörkelte — das ist — ja, was will der
nur? — Alle elftausend heiligen Jungfrauen!
Da hab' ich doch wieder den dritten Strich ver=
gessen! — Und heute früh macht' ich ihn erst
— nein, gestern Abend — nein, bei Tische war's

— nein, doch nicht. — O mir läuft alles durch=
einander. (Stampft aufgebracht mit dem Fuße.) Ver=
dammtes Sieb von Gedächtniß!

Aber ärgern will ich mich nicht! das ist
ungesund, zumal vor'm Trinken. Also lustig,
Andrea! Im Wein ist Weisheit, sagen sie ja;
da find' ich auch wohl meinen Strich am ersten
im Aleatico wieder.

(Geht ab durchs Thor.)

Dritter Auftritt.

Buffalmaco
(kommt trällernd; vorne rechts).

Gott Amor sprach zu Psyche:
Gefangen mußt du sein. —

Ah, da ist ja Andrea's Haus! (Bleibt stehen.)
Hätt' ich mir's doch nicht träumen lassen, daß
der Dicke auf seine alten Tage noch den Gast=
freien spielen würde, wie ein Apfel, der erst
im Spätherbst mürbe wird. Nun, er hat das
einsame Trinken wohl satt bekommen, und jeden=
falls ist lustige Kumpanei dabei, und sein Bauch

eine breite Zielscheibe, nach welcher sich Witz genug abschießen läßt. (Geht an die Thüre, will öffnen.) Was? Zugeschlossen? Hält er noch Mittagsruhe? Das heißt die Nacht um ihr Recht betrügen. (Klopft.) Heda! Andrea! Heda! Mach auf Schlafratze! Meine Beine wollen meinen Durst nicht mehr tragen, und möchten ihn gerne vor deinem Orvietofaß abwerfen! — Kein Mäuschen rührt sich. (Klopft stärker und ruft mit etwas gedämpfter Stimme:) Andrea! Ich bringe zwei Flaschen vom besten Montefiascone mit, die wollen wir ausstechen, ehe die andern kommen! — Auch darauf keine Antwort! Dann ist er sicher nicht zu Hause.

Ich wette, das ist wieder ein so kostbares Stück Confusion, wie mir jemals eins von seiner Arbeit unter die Hände kam.

Vierter Auftritt.

Buffalmaco. Calandrino und **Luigi** kommen.

Calandrino.

Ei sieh da, Buffalmaco. Guten Abend! Du bist auch zum Andrea geladen?

Buffalmaco.

Freilich, und meine Kehle ist so trocken, wie
irgend eine in ganz Florenz.

Luigi.

Dem ist leicht abgeholfen. Laßt uns nur
eintreten.

Buffalmaco (neckisch).

Wollt Ihr nicht vorangehen?

Luigi
(geht zur Thür, und will sie öffnen).

Beim Fegefeuer! die Thüre ist verschlossen.
Was soll das heißen?

Buffalmaco.

Daß wir nicht hinein sollen, däucht mir.

Calandrino (klopft).

Andrea! Meister Andrea! Macht auf! Eure
Gäste sind vor der Thüre. He! Macht auf!

Buffalmaco.

Spar deinen Odem, und blas deine Suppe
damit. Wenn er drin wäre, ich hätt' ihn längst
herausbeschworen; ich kenne die Zauberformel,
die ihn bannt. Glaubt mir, der Vogel ist aus-
geflogen, er hat die ganze Einladung verschwitzt,
und läßt sich's in irgend einer Winkelschenke

vor dem Thore wohl sein, während wir hier stehen und gefoppt sind.

Luigi.

So soll ihn der unterste Styx verschlingen! Erst uns einladen, und dann uns die Thüre vor der Nase zusperren. Das ist schändlich, bei Pluto, das fordert schwere Ahndung.

Calandrino.

Mir thut's nur leid um meinen vortreff= lichen Appetit. Der Mund wässerte mir schon nach seinem vortrefflichen Schweinskopf, der glänzend und gebraten vor meiner Phantasie schwebte, wie ein Dichterhaupt mit Lorbeern gekrönt, eine saure Citrone statt einer süßen Redensart im Munde.

Luigi.

Du stichelst, Calandrino.

Buffalmaco.

Das ist sein Geschäft; er ist Kupferstecher.

Luigi.

Ich hab' es nicht vergessen. Trägt er doch immerdar die Metallplatte als Anhängeschild im Gesichte.

———

Fünfter Auftritt.

Die Vorigen. Pandolfo durch das Thor auftretend.

Pandolfo.

Guten Abend, Freunde! Das trifft sich ja herrlich. Ich finde die ganze Gesellschaft schon beisammen.

Buffalmaco.

Ja, wir stehen hier wie die Sieben vor Theben, da sie in die Stadt wollten, und die Pforten wurden ihnen nicht aufgethan.

Luigi.

Oder wie die Königin Dido am Meere, als ihr der fromme Aeneas davongelaufen war.

Calandrino.

Oder kurz und gut, wie die Ochsen am Berge.

Pandolfo.

Ihr redet Kauderwälsch, das ich nicht ver=stehe. Sagt, was bedeutet es?

Calandrino.

Es bedeutet, daß Meister Andrea uns mit seiner Einladung zum Besten gehabt hat; denn das Haus ist verschlossen, und kein Andrea drinnen.

Luigi.

Und ferner, daß wir uns rächen müssen.
Ich wenigstens will die Furien nie wieder in
meinen Versen heraufbeschwören, wenn ich diesen
Schimpf ungestraft auf mir sitzen lasse.

Buffalmaco.

Luigi hat Recht. Wir sind dem Dicken eine Lehre
schuldig und müssen ihm einen Streich spielen,
den er nicht vergißt, und wenn sein Gedächtniß
eben solches Danaidenfaß wäre wie seine Kehle.

Pandolfo.

Das ist es in der That. Er ist nichts als
ein wohlbeleibtes Stück Zerstreutheit, das ziemlich schwerfällig auf zwei Füßen einherwandelt,
sehr zierlich in Holz schneidet und nebenbei viel
Wein consumirt. Ich glaube, wenn ihn Jemand
fragt, wie er heißt, so braucht er eine halbe
Stunde, um sich zu besinnen, daß er Andrea
der Bildschnitzer ist.

Buffalmaco.

Da bringst du mich auf einen guten Gedanken! Wie wäre es, wenn wir ihm zur Strafe
für seine Vergeßlichkeit einbildeten, er sei nicht
Andrea, sondern ein Anderer?

Calandrino.

Aber er wird es nicht glauben. —

Buffalmaco.

Das kommt nur auf uns an. Wenn wir das Ding richtig anfangen, so wette ich ein Oxhoft gegen einen Thautropfen, wir machen ihn so confus, daß er zuletzt wirklich nicht mehr weiß, wer er ist.

Luigi.

Der Spaß ist gut — bei Pluto — aber wie machen wir's?

Buffalmaco.

Vor allen Dingen, in wen sollen wir ihn umschaffen? In Lucario, seinen Burschen? — Nein das geht nicht; der könnte uns selbst in die Quere kommen, und Alles wäre damit zu Ende. Es müßte Jemand seyn, der — halt, Pandolfo, ist nicht dein Bruder Matteo heute nach Prato, um sein neues Werk dort aufzuführen?

Pandolfo.

Vor einer halben Stunde ist er fortgeritten.

Buffalmaco.

Wohl, so muß der Dicke sich in Matteo ver=

wandeln, und ich werde einstweilen Andrea. Hört meinen Plan! Ich steige auf euern Schul= tern über den Altan dort ins Haus und ver= riegele die Thüre von innen. Wenn er dann zurückkehrt und herein will, behaupte ich ihm unter die Nase, Andrea sei schon drinnen und wolle nicht öffnen; er wird schelten, fluchen, wüthen; dann kommt Ihr darüber zu, und sorgt für das Uebrige.

Luigi.

Herrlich ersonnen, beim Styx! Andrea als Capellmeister Matteo! Aber habt ihr auch an seinen Haß gegen alle Musik gedacht?

Buffalmaco.

Schadet nichts, so wird die Verwirrung desto größer. Aber nun frisch an's Werk! Helft mir hinauf. Ich klettere wie ein Eichkätzchen. (Er ersteigt den Altan, oben.) So! Da wär' ich. Und entfernt euch nicht zu weit. Mit Dunkel= werden pflegt der Dicke nach Hause zu kommen. Dann geht unsere Komödie an.
(Verschwindet im Hause.)

Calandrino.

Was treiben wir so lange?

Pandolfo.

Ich denke, wir schlendern längs den Gärten hin und sehen, ob uns nicht ein Paar schöne Augen begegnen.

Luigi.

Oder wir brechen drüben im Centauren einer Flasche den Hals.

Pandolfo.

Ich bleibe lieber auf den Beinen.

Calandrino.

Nun jeder, wie es ihm gefällt.

(Sie gehen zu verschiedenen Seiten ab.)

Sechster Auftritt.

Malgherita und Sylvia treten auf links im Vorder=
grunde. Malgherita trägt eine schwarze Sammet=
maske in der Hand.

Sylvia.

Aber fürchtet Ihr Euch nicht, Fräulein?

Malgherita.

Wovor sollt' ich mich fürchten? Mein Vor=
mund ist verreist und sein Bruder zu einem

Schmause gegangen. Ohnedieß, wer kennt mich in diesem Anzuge, den Leonetto mir schenkte? Er steht mir wirklich prächtig; es war doch gar zu hübsch, ihn einmal nicht bloß für den Spiegel anzulegen.

Sylvia.

Mir klopft das Herz, als ob ich eine Sünde begangen hätte. Ich meine immer, aus jedem Fenster müsse Herrn Pandolfo's Gesicht zornig herausblicken.

Malgherita.

Sei ruhig, Sylvia. Wir haben ihnen nichts versprochen. Sie haben uns im Hause einsperren wollen, aber das Gartenpförtchen zu schließen vergessen. Wer will uns schelten, daß wir auch einmal ein bischen frische Luft athmen wollen!

Sylvia.

Und Ihr denkt, Herrn Leonetto zu treffen?

Malgherita.

Ich hoffe, daß wir ihm begegnen. Er lust= wandelt jeden Abend vor diesem Thore. Wenn er nur käme! Ach! —

Sylvia.

Ihr seufzt?

Malgherita.

Ich denke, wie mein ganzes Leben ein anderes geworden ist, seit jenem Abend, da ich zum erstenmale mit ihm aus dem Fenster redete, und ihm den dunkelrothen Nelkenstrauß hinabwarf. Sonst ging ein Tag ruhig nach dem andern hin, ohne andere Sorge, als daß ich die Aufgaben Meister Matteo's richtig vom Blatte singen könnte, aber freilich auch ohne Freude. Wenn er mich einmal über einen fal= schen Ton, über einen unreinen Ansatz aus= schmälte, das war all mein Leid; wenn er mich lobte und mit Zuckerwerk fütterte, das war meine Lust. Aber nun bin ich wie vertauscht. Kein Gedanke mehr gehört meinem Vormunde oder Herrn Pandolfo. Bin ich mit ihnen, so schläft mein bestes Theil; wie durch blasse Däm= merung geh' ich in dumpfer Gelassenheit dahin, und meine Gleichgültigkeit versteckt sich hinter dem bischen Mutterwitz, das mir die Natur tröstlich zukommen ließ. Aber wenn Leonetto kommt, dann blüht mir die Welt in tausend Farben auf, dann leb' ich, dann möcht' ich lachen und weinen zugleich. Ich bin fröhlich, weil er da ist, ich bin traurig, weil er wieder fort muß, und Scherz und Trübsinn, Muthwill' und Schwermuth, Glück und Verlangen wachsen in meinem Herzen so wirr und bunt durcheinander, wie Laub und Blüten am Granatbaum in unserm Gärtchen.

Sylvia.

Aber wie soll das enden, Fräulein?

Malgherita.

Weiß ich's? Freilich, wenn ich Leonetto wäre, so wüßt ich's vielleicht. Glaub mir, Liebe ist Muth, und dem rechten Muth ist nichts zu schwer. — Aber was ist das? Dort kommt Jemand gegen das Thor heran, der —

Sylvia.

Um Gotteswillen! Es ist Herr Pandolfo! Kommt Fräulein! (Sie läuft fort.)

Malgherita
(nimmt die Maske vor).

Er hat mich schon gewahrt; ich kann doch nicht fortlaufen, wie eine Dienstmagd. Gut — Wenn's seyn muß, bin ich in der rechten Laune, ihn zu empfangen.

Siebenter Auftritt.

Malgherita. Pandolfo erscheint vorne, rechts vom Zuschauer.

Pandolfo (für sich).

Beim Himmel, ein schmuckes Dämchen, und ganz ohne Begleitung! Ist das Glück günstig, so giebt's ein Abenteuer.

(Zu Malgherita, die an ihm vorübergehen will.)

Wohinaus schöne Maske? Erlaubt, daß ich Euch ein Stückchen geleite.

Malgherita
(mit verstellter Stimme kurz abweisend).

Ich kann meinen Weg allein finden.

Pandolfo.

Aber er wird nicht ohne Gefahr sein. Ihr hättet Eure Augen auch verhüllen müssen. Sie leuchten wie Flammen, und Ihr wißt, die Schmetterlinge flattern nach dem Glanze.

Malgherita (wie oben).

Sie werden sich die Flügel versengen.

Pandolfo.

Ist es denn die nothwendige Eigenschaft der Schönheit, daß sie alles verletzt, was in ihre Kreise tritt? Ich bitte Euch, nehmt meine Dienste an

Malgherita
(immer noch ausweichend).

Ich kann keine Diener von Eurer Art ge=
brauchen. Meine Livrey ist das Geheimniß.

Pandolfo.

Um Euretwillen würde ich auch die gerne
tragen. Glaubt mir, ich kann reden und schwei=
gen, wie Ihr befehlt.

Malgherita.

Ich glaube Euch, daß Ihr reden köunt,
weil meine Ohren es mir bestätigen. Aber an
Eure Verschwiegenheit glaube ich so wenig, wie
an brennendes Wasser; denn Eure Gliedmaßen
schwatzen alles aus, was Ihr thut oder treibt,
selbst wenn Euer Mund stumm ist.

Pandolfo.

Ich verstehe Euch nicht.

Malgherita.

Wohl, so will ich es Euch begreiflich machen.
Zeigt mir einmal Eure rechte Hand her. Seht,
diese kleine Schwiele erzählt mir, daß Ihr den
ganzen Tag über mit Meißel und Schlägel den
unschuldigen Marmor mißhandelt; Eure Nase
behauptet, daß Ihr mit dem dicken Gott Bacchus

täglich Brüderschaft macht; Euer rechtes Ohr-
läppchen sagt, daß es in Eurer Wohnung vor
Geigen und Orgeln nicht auszuhalten ist; Euer
linkes Augenlied verräth, daß Ihr gerne mit
schönen Frauen, aber noch gerner mit Eurem
Spiegel liebäugelt, und Eure Unterlippe be-
kennt, daß Ihr, wie Ihr dasteht, in Bausch
und Bogen keinen rothen Heller werth seid.

Pandolfo (betroffen).

Ihr seid herbe — aber ich kann es nicht
läugnen, Eure Worte stürzen mich in ein
räthselhaftes Labyrinth.

Malgherita.

Da bleibt Euch nichts übrig, als entweder
die Partie des Drachen oder die des Theseus
zu übernehmen.

Pandolfo.

Aber dieser hatte den Faden der Ariadne,
welcher ihn führte. Ich bitt' Euch, laßt mich
nicht vergeblich um das Endchen Band flehen.

Malgherita.

Nein, guter Theseus, nicht jetzt, nicht hier.
Aber wenn Ihr artig sein wollt, und Euch

gedulden, so kommt morgen um die elfte Stunde
— Ihr kennt den Palast Frescobaldi?

Pandolfo.

Jenseit des Arno, wo die Gärten anfangen?

Malgherita.

Den mein' ich. Dorthin kommt morgen;
an der dritten Säule links sollt Ihr den Faden
der Ariadne finden. Aber jetzt verlaßt mich
unverzüglich; schleicht mir auch nicht nach, mein
verschwiegener Diener, sonst ist alle Gemeinschaft
zwischen uns aus für immer.

Pandolfo.

Ich gehe, aber die Hoffnung des Wieder=
sehens geht mit mir.

Malgherita.

Das versprech' ich Euch feierlich. Ihr sollt
mich eher wiedersehen, als Ihr es selber denkt.
Lebt wohl, guter Theseus.

(Pandolfo geht ab vorne rechts.)

Der Sturm wäre glücklich abgeschlagen;
(sie nimmt die Maske ab) es gab mir eine rechte
Genugthuung, meinen gestrengen Herrn Kerker=
meister einmal weidlich zu necken. — (Betrübt.)
Aber die schöne Zeit verstreicht ungenutzt. Schon

geht die Sonne unter, und Leonetto kommt nicht. Ach — die Dunkelheit wird mich in mein Gefängniß zurücktreiben, ohne daß ich ihn gesehen habe.

Achter Auftritt.

Malgherita. Leonetto tritt auf durch das Thor.

Leonetto
(rasch auf Malgherita zu).

Was seh ich! Bist du's, Malgherita? Bist du's wirklich?

Malgherita.

Wirklich und wahrhaftig deine Malgherita, und dazu in deinem Schmucke. Ach, daß du so spät kommst, du Böser! Ich habe lange auf dich geharrt.

Leonetto.

Mein Herz war immer bei dir, gewiß, du zweifelst nicht daran. Heut Nacht wollt' ich unter deinem Fenster singen. — Aber wie konnt' ich dich hier vermuthen, da ich weiß, daß dein Vormund eifersüchtig jeden deiner Schritte bewacht?

Malgherita.

Er ist verreist und sein Bruder zu einem Freunde.

Leonetto.

Glücklicher Zufall! So ist nichts verloren.

Malgherita.

Ach freilich! Das schöne Heute ist verloren. Der Abend bricht herein. Pandolfo kann jeden Augenblick nach Hause kommen. Ich muß heim.

Leonetto.

Wär' ich doch Josua, daß ich die Sonne still stehen heißen könnte!

Malgherita.

Das wäre schon hübsch, (schelmisch) aber wer weiß, ob ich dich dann so gern hätte! Du würdest einen großen Bart haben und eine krumme Nase wie ein Geier. Nein, Leonetto! Du bist mir lieber als eine ganze Heerschaar jüdischer Feldherrn.

Leonetto.

Wie gerne glaube ich dir! Denn auch dieser Glaube macht selig. Auf deine Treue kann ich Häuser bauen.

Malgherita.

Dafür bist du auch mein Herzensbaumeister! Aber, da wir heute die Gelegenheit verpaßt haben, laß uns Sorge tragen, daß es uns morgen besser ergehe. Ich habe allerlei ausgedacht. Gib mir deinen Arm und führe mich die wenigen Schritte zu meiner Wohnung. Unterwegs sage ich dir, was nöthig ist. Fort und die Maske vor's Gesicht!

Leonetto.

So wird es zwiefach Nacht für mich.

(Sie gehen ab, vorne links.)

Neunter Auftritt.

Andrea tritt auf durch das Thor in heftigem Zanke mit drei Musikanten, welche ihn verfolgen. Es beginnt zu dunkeln.

Andrea.

Alle elftausend heiligen Jungfrauen! Ich sage euch, laßt mich in Frieden; ich will nichts mit euch zu schaffen haben!

Erster Musikant.
(Tiefe Baßstimme.)

Nein Herr, wir lassen Euch nicht in Frieden,
Herr. Wir haben Euch eine Sonate von dem
großen Meister Molldurini aufgespielt und Ihr
habt uns ein schiefes Maul gezogen. Und als
wir Euch höflichst erinnert haben, daß drei
Musikanten von einem sauren Gesicht auf den
Abend nicht satt werden können, da habt Ihr
uns Bettlergesindel gescholten, Herr; und das
leidet der Baß nicht.

Zweiter Musikant.
(Hohes kreischendes Organ.)

Und die Klarinett auch nicht.

Dritter Musikant.

Unn die Violin am wenigste. Mer seind
kei Lumpegesindel, Herr; mer seind Kintschler
aus Venezia, die scho vor ganz andere Herr-
schafte, vor Kaisers und Kenigs Majeschtäte uf-
gespielt habe.

Andrea.

Hol der Teufel eure Künstlerschaft, die auf
der Heerstraße lungert und die Schenken unsicher
macht! Den Wein verwandelt ihr mir in Essig,

die Gesundheit ruinirt ihr mir, und dann soll
ich noch für gnädige Mißhandlung bezahlen.
Da war' es ja besser, ich auf gut türkisch die
Ohren ein für allemal mit wegrasiren zu lassen.
Nein, ihr Landstreicher, keinen Pfennig geb' ich
für euer Gedudel.

Erster Musikant
(schwer beleidigt).

Was Herr? Gedudel nennt Ihr unsere Musik,
Herr? Euer Geld könnt Ihr behalten, Herr;
es würd' uns so keinen Segen nicht bringen.
Aber wenn Ihr auf unsere Kunst raisonnirt,
so könnt' ich meinen Weißdorn einmal für den
Bogen ansehen, und Euern Rücken für mein
Instrument und eine freie Phantasie aus dem
ff darauf streichen, daß Euch Hören und Sehen
vergehen sollte.

Zweiter Musikant.
(Hier wie in der ganzen Scene mit dem ersten Musikanten sich deckend und hinter ihm hervordrohend.)

Ja, daß Euch Hören und Sehen vergehen
sollte!

Andrea.

Ihr wagt mir zu drohen! Alle elftausend
heiligen Jungfrauen —

.

Dritter Musikant
(tritt dicht auf ihn heran).

Ja Herr, mer wage des. Ihr kennt de
Musikante net. E Kinschtler is fromm unn sanft=
müthig von Natur wie 'n Lamm, aber e beleidig=
ter Kintschler is schrecklich wie e reißends Thier,
des Blut geroche hat.

Andrea.

Bleib mir zehn Schritt vom Leibe, du Bein=
gerippe. O so wollt ich doch —

Erster Musikant.

Was wolltet Ihr, Herr? Contrapunkt und
Fugensatz! Was wolltet Ihr? Der Baß fragt
Euch, was Ihr wolltet?

Zweiter Musikant.

Und die Klarinett auch.

Andrea.

Meint ihr, daß ich mich vor eurem Gezeter
fürchte? Unter die Nase will ich's euch sagen
was ich wollte. Daß ihr säßet wo der Pfeffer
wächst, und alle Musikanten der Welt, und die
heilige Cäcilie obendrein!

Dritter Musikant.

O entsetzliche Läschterung eines vermaledeiten
Mundes!

Erſter Muſikant
(Andrea am Ueberwurf zerrend).

Wir wollen Euch Reſpekt einpfeffern vor unſerer heiligen Schutzpatronin; ich hab' nicht umſonſt zwei Jahr lang die Pauken geſchlagen. Friſch, Klarinett! Faß mit an! Wir wollen eine Symphonie im klaſſiſchen Styl aufführen.

Andrea.

Laßt mich los, ihr Lumpenhunde, laßt mich los!

Dritter Muſikant
(bringt auf ihn ein).

Nix vor ungut, Herr! Die Violin is auch mit derbei, keine Introduktion ohne Violin!

———

Zehnter Auftritt.

Die Vorigen. Leonetto kommt zurück, vorne links.

Leonetto.

Was giebt's da für Lärm?

Andrea.

Mörder! Banditen!

Leonetto
(zieht das Schwert).

Laßt den Mann los, ihr Strauchdiebe! Zurück von ihm, sag ich. Dem ersten, der ihn wieder anrührt, hau' ich die Hand vom Arme.

Erster Musikant.

Aber er hat uns geschimpft, Herr. Er hat uns Landstreicher genannt und Lumpenhunde —

Zweiter Musikant.

Ja das hat er gethan.

Leonetto.

Und nun wollt ihr's ihm auf seinem Rücken verbriefen, daß er Recht hat? Schämt euch! Wenn ich recht sehe, seyd ihr Musikanten.

Dritter Musikant.

Musikalische Kinschtler von Venezia, Herr. Aber ebbe darom habe mer ang'fange ihm sei unmusikalisch Seel mit Prigle zu versohle. Denn er hat unser Kunscht Gedudel geheiße, unn erschrecklich uf de heilig Cäcilia blasphemire getha. Unn des leidt kein braver Musikante net!

Leonetto.

Einerlei! Mußtet ihr darum über ihn herfallen wie Räuber! Es ist noch kein Gesetz da,

das bei körperlicher Züchtigung anbefiehlt musi=
kalisch zu sein.

Andrea.

Sehr vernünftig gesprochen! Ich dank' Euch,
guter junger Mann. — Und wenn ich Euch in
etwas wieder dienen könnte —

Leonetto.

Laßt das gut sein. Ich that nur was ver=
nünftig war. — Aber ihr, Gesellen, geht jetzt
eures Weges! — Oder nein, da kommt mir ein
Gedanke. Ich will eure Kunst auf die Probe
stellen, könnt ihr eine hübsche Serenade spielen?

Erster Musikant.

Ja Herr, das können wir; eine sanfte Schlaf=
melodie zu angenehmem Erwachen. Aber Herr,
(mit hohler Hand herantretend) Wasser braucht die
Mühle, wenn sie gehen soll.

Leonetto.

Hier ist eine halbe Zechine.

Erster Musikant
(zu den andern Musikanten).

Der versteht's. (Zu Leonetto.) Excellenza, der
Baß ist Euer mit Leib und Seele, und allen
zehn Fingern zum Greifen und Streichen.

Zweiter Musikant.

Und die Klarinett auch.

Dritter Musikant.

Unn die Violin deßgleiche mit dem aller-
unterthänigschte Kratzfuß.

Leonetto.

Wohl, so macht euch bereit. Gute Nacht Herr!
(Leonetto und die Musikanten gehen im Hintergrunde
links vom Zuschauer ab.)

Eilfter Auftritt.

Andrea allein. Es ist indessen fast ganz finster geworden.

Andrea
(den Musikanten nachdrohend).

Wartet ihr Hallunken! Das soll euch nicht
vergessen sein! (Zieht ein Stück Kreide hervor und
macht sich Striche auf den Aermel.) Eins! — Zwei!
— Drei! Da steht ihr, und eure Grobheit steht
mir, glaub' ich, in blauen Flecken auf dem
Rücken wie ein Veilchenbeet. — So, und dieser
Strich ist für meinen Retter. Das Hasenschwänz-
chen dran, das ist die dankbare Erinnerung.

Ist das ein Unglücksabend! Just, als wenn

alle Fatalitäten sich verabredet hätten, mir heut
der Reihe nach über den Hals zu kommen.
Sitz' ich kaum da draußen in meiner Lauben,
und will eben meinen kostbaren Aleatico lang=
sam ausschlürfen, da kommt ein Hammel ge=
sprungen und ein Windhund klaffend hinter=
drein — und husch über meinen Tisch, daß die
Flasch' in Scherben liegt. Und gerade hab' ich
nach der zweiten gerufen, und mir das erste
Glas draus eingeschenkt, so muß der Teufel
die mörderische Musik daherführen, daß ich vor
Ohrenreißen nicht schmecken kann, ob ich Wein
oder Baumöl auf der Zunge habe. (Im Aerger
sich steigernd.) Und dann die Erhitzung, der
Aerger, die Schlägerei! Ruinirt bin ich; die
Gall' ist mir in den Magen gelaufen. Ich will
meine braunen Tropfen nehmen, und mich in's
Bett legen, zu schwitzen. — Nun kann ich wieder
den Schlüssel nicht finden. (Stampft mit dem Fuße.)
Kühl wird es auch schon. Wenn ich hier im
Zugwinde campiren sollte! — Ah, da sitzt er.
— Nun hinein, und rasch in's Bett, um all
das Elend zu verschlafen! — (Er will öffnen und
arbeitet am Schlosse.)

Was ist denn das? Die Thüre geht nicht auf; das fehlte noch. So sollen doch alle elftausend Jungfrauen den nichtswürdigen Schlüssel! — Warte! Strich für den Schlosser. (Er macht ihn schnell.) Ich muß die Thüre sprengen. (Versucht es.) Himmelsakrament, willst du?

Buffalmaco
(von innen).

Wer lärmt da an meiner Thüre!
(Die Glasthüre hinter dem Altan erleuchtet sich.)

Andrea.

Was! Jemand im Hause? Wart Spitzbube! Ich will dich lehren, in fremde Nester dich schleichen! Holla! holla!

Buffalmaco
(erscheint in einem Schlafrocke Andrea's auf dem Altan).

Alle elftausend heiligen Jungfrauen! Schämt Euch, bei dunkler Nachtzeit betrunken auf den Straßen zu rumoren, und redliche Bürger aus der Ruhe zu stören. Schert Euch nach Hause, und schlaft Euern Rausch aus.

Andrea.

Wie! Was! Wie ist mir denn? Ist denn das nicht mein Haus? Bin ich denn nicht

Andrea? Ja, wahrhaftig so ist's. Und hinein muß ich, und wenn ich die Thüre mit dem Kopfe einrennen sollte!

(Er versucht wiederum die Thüre zu sprengen.)

Buffalmaco.

Nun? Ist des Unfugs bald genug? Geht zum Henker! Oder ich komme mit der Peitsche.

Andrea.

Mit der Peitsche? Mir? He, wer seid Ihr denn, daß Ihr mir mit der Peitsche kommen wollt?

Buffalmaco.

Fragt nicht so dumm. Das weiß jedes Kind in Florenz, daß dieß Haus Andrea, dem Bildschnitzer gehört!

Andrea.

Alle elftausend heiligen Jungfrauen, und der bin ich!

Buffalmaco.

Ein schöner Andrea mögt Ihr sein! Ein unverschämter Weinschlauch seid Ihr, den die Häscher längst wegen Straßenlärmens hätten aufgreifen sollen. Ich selbst bin Andrea und werde mein Hausrecht zu brauchen wissen!

(Tritt zurück.)

Andrea.

Hat sich denn die Welt auf den Kopf ge=
stellt? Ich will mich noch einmal besinnen.
(Sieht seine Striche an.) Nein! Nein! Ich bin es
ganz gewiß. (Wüthend gegen das Haus.) Komm
heraus du verhexter Doppelgänger, du Namen=
dieb, du Ehrabschneider, komm heraus, daß ich
dir die lügnerische Zunge ausreiße! Ganz Florenz
soll mir bezeugen, daß ich Andrea bin! Gott
sei Dank, da kommt ein Mensch! Heda! Holla!

Zwölfter Auftritt.

Andrea. Buffalmaco drinnen. **Luigi** kommt
vorne rechts.

Andrea
(dem Auftretenden lebhaft entgegen).

Gut daß Ihr kommt, Messer Luigi, Ihr
sollt mir bezeugen —

Luigi.

Aber um des Himmelswillen, bester Mat=
teo, was ist Euch? Ihr seid außer Euch. Was
lärmt Ihr hier vor des Dicken Thüre, daß man
es drei Straßen weit hört? Ihr habt zu lange

irgendwo in der Schenke gesessen. Geht nach
Hause guter Matteo!

Andrea.

Guter Matteo? — Alle elftausend Jung=
frauen! Sperrt Eure Augen auf! Für wen
haltet Ihr mich denn?

Luigi.

Nun, beim Styx, für wen soll ich Euch
sonst halten, als für Matteo, den Capellmeister!

Andrea (beleidigt).

Für den Notenklexer, den elenden Ohren=
quäler? Reißt Euch die Augen aus, Freund,
und laßt sie als Schellen an Eure Mütze nähen;
denn zum Sehen taugen sie nicht mehr. Sonst
würdet Ihr mich für Andrea erkennen.

Luigi.

Ein artiger Spaß, bei Pluto! Der Wein
erfindet gut. Aber Ihr dürft das Spiel nicht
zu weit treiben, Matteo.

Andrea
(immermehr außer sich gerathend).

Spiel? Des Teufels Spiel ist hier. Ich
will mein Lebelang Seewasser trinken, wenn
ich nicht im bittersten Ernst rede.

Luigi.

Heut Abend habt Ihr gewiß kein Seewasser getrunken, als es Euch einfiel, aus einem Nachfolger Amphions ein armseliger Holzschneider zu werden.

Dreizehnter Auftritt.

Die Vorigen. Calandrino aus dem Hintergrunde kommend.

Calandrino
(rasch auf Luigi zu).

Guten Abend, Luigi! Ihr habt mehr Glück als ich. Ich suche den ganzen Tag vergebens nach Matteo, und Ihr findet ihn, ohne ihn zu suchen.

Andrea
(seitwärts weichend).

Matteo? Schon wieder Matteo? Ich will mich in die Nase kneipen, ob ich träume. — Nein, und betrunken bin ich doch auch nicht, ich stehe ja ganz fest auf meinen Füßen. Es ist zum Rasendwerden!

Calandrino.

Was kommt Euch an, Herr Matteo? Ihr
fechtet mit den Armen und redet mit der Luft.

Luigi.

Ich glaube, die bleiche Hekate hat ihm Toll=
kraut in den Becher geworfen. Seit zehn
Minuten läugnet er, Matteo zu sein.

Andrea.

Ich bin aber nicht Matteo, ich bin Andrea,
Meister Andrea, der Bildschnitzer!

Calandrino.

Geht mir doch mit den Thorheiten! Andrea
ist längst zur Ruhe. Wir waren ja noch heute
Abend bei ihm.

Luigi.

Ja wohl. Er traktirte uns mit einem
wilden Schweinskopf und Orvieto.

Andrea (stutzig).

Orvieto — wilder Schweinskopf — richtig!
Das war der dritte Strich. (Triumphirend.) Seht
Ihr? Seht Ihr hier? Das ist mein Schweins=
kopf. (Hält ihnen den Aermel unter die Nase.)

Calandrino.

Wir sehen, daß Ihr den Strich habt, Herr

Matteo. Nehmt Euch zusammen. Ich habe von Geschäftssachen mit Euch zu reden.

Andrea.

Aber ich habe ja keine Geschäfte mit Euch, habe niemals welche gehabt.

Calandrino.

Wie? Ihr läugnet? Das ist freilich die bequemste Weise, seiner Verbindlichkeiten quitt zu werden. Aber ich habe Eure Handschrift. Wollt Ihr gütigst diesen Wechsel betrachten, der heute fällig ist? (Zeigt das Blatt vor.)

Andrea.

Geht zum Henker mit Eurem Wechsel! Das wäre schön, wenn ich fremder Leute Schulden bezahlen sollte.

Calandrino.

Ihr werdet mich nicht zwingen wollen scharf zu sein.

Andrea.

Scharf? Seht mir den Herrn! Ja eine Zwiebel seid Ihr. Aber ich will Euch hier in den Koth pflanzen, und so lange mit meiner Klinge begießen, bis die schönsten rothen Hyacinthen herauswachsen. (Er zieht sein Schwert.)

Luigi
(fällt ihm in den Arm).

Haltet ein, Matteo, bei den Jurien, kein Blut vergießen!

Andrea.

Laßt mir den Arm frei. Ich will ihm sein Kupfergesicht zu Brei schlagen.

Buffalmaco
(erscheint wieder auf dem Altan).

Alle elftausend heiligen Jungfrauen! Wollt Ihr Frieden halten vor meiner Thüre!

Calandrino.

Ah, Signor Andrea! Helft mir hier den tollen Matteo festnehmen, der mich um mein Geld prellen will.

Andrea.

Nun wird's zu arg, Matteo — Andrea — Es dreht sich Alles mit mir. Bin ich verrückt, oder seid Ihr's sammt und sonders? Ja, Ihr seid es, die ganze Welt ist toll geworden. (Er schlägt wüthend um sich.) Platz da! Platz da! Ich haue Euch alle in Kreuzgranatenstücken.

Calandrino
(von Andrea im Kreise herumgetrieben, schon zwischen Andrea's Rede).

Hülfe! Hülfe!

————

Vierzehnter Auftritt.

Die Vorigen. Eine **Gerichtsperson,** von **Häschern** mit Fackeln begleitet, tritt auf im Hinter-grunde rechts.

Gerichtsperson (zu Andrea).

Im Namen heiliger Justitia! Wir verhaften Euch als nächtlichen Ruhestörer und Turbanten. Was war Ursach und Anlaß des von uns all-hier betroffenen Scandali?

Calandrino.

Der Mann ist mir fünfzig Zechinen schuldig und will nicht zahlen. Ja, um der Forderung zu entgehen, giebt er sich fälschlich für einen Andern aus.

Andrea.

Aber ich bin ein Anderer! Ich bin Meister Andrea, der hier wohnt.

Buffalmaco (von oben).

Abgeschmackte Ausflucht! Der bin ich.

Gerichtsperson (zu Luigi).

Und Euch ist in Frage stehende persona gleichermaßen bekannt?

Luigi.

Ja beim Merkurius Mentitius; sie ist mir bekannt, es ist Matteo, der Capellmeister.

Andrea.

Ich thue Einspruch, feierlichen Einspruch! Sie lügen Alle.

Gerichtsperson.

Ein seltsamer Casus.

Calandrino.

Da kommt sein eigner Bruder, der gewiß der beste Zeuge ist. Fragt den!

Fünfzehnter Auftritt.

Die Vorigen. **Pandolfo** erscheint vorne rechts.

Pandolfo
(rasch auf Andrea zueilend).

Finde ich dich endlich, lieber Bruder Matteo? Sag nur um des Himmelswillen, was treibst du hier? Das ist keine Zeit auf den Gassen herumzustreichen. Komm mit nach Hause, und schlaf aus!

Luigi
(zur Gerichtsperson).

Da seht Ihr's.

Calandrino.

Verzeiht, Signor Pandolfo, wenn ich Euch noch aufhalte. Euer Bruder soll mir heute fünfzig Zechinen auszahlen, und weigert sich dessen. Hier ist mein Wechsel, seht her!

Pandolfo.

Ist's weiter nichts? Er hat so seine Launen; doch ich stehe für ihn ein. Oder noch besser. Nehmt diesen Beutel, Calandrino, er enthält gerade die Summe in blankem Gold, und nun laßt uns gehen.

(Gibt ihm den Beutel, den er in der ersten Scene von Matteo empfangen hat.)

Calandrino.

Mit Vergnügen. Ich reiße die Schrift durch.

Andrea

(der sich wiederum seitwärts gezogen hat).

Fünfzig Zechinen zahlt er für mich? Fünfzig Zechinen? Die wirft man doch für keinen Fremden weg. (Mit einem Anflug von Schauder.) Wenn sie am Ende doch Recht hätten — o mir wird schwindlicht.

Pandolfo.

Komm Matteo!

Gerichtsperson.

Nicht von der Stelle! Denn —

Pandolfo.

Laßt das gut sein, Herr. Der Wein hat
wohl einige zu starke Blüten in seinem Kopfe
getrieben. Nehmt dieß für Eure Bemühung.

Gerichtsperson.

Ihr scheint mir ein braver Mann zu sein,
und so will sich um Euretwillen Justitia dießmal mit nachdrücklicher Verwarnung in futu-
rum begnügt haben. Kommt ihr Bursche!
(Geht ab mit den Häschern.)

Pandolfo.

Unser Weg geht dorthin, lieber Matteo.
Laß uns eilen. Ich habe noch ein warmes
Süppchen für dich anrichten lassen, das dir
wohlthun wird.

Andrea
(verwirrt und erschöpft).

Warmes Süppchen — fünfzig Zechinen —
Trinkgeld an die Schaarwache — das sieht
wahrhaftig aus wie brüderliche Liebe. Der
Kopf dröhnt mir wie ein Brummkreisel; ich
muß ausschlafen. Und dort eine verschlossene

Thüre, hier ein zärtlicher Bruder; was ist da lange zu wählen? — Ich gehe mit.

Pandolfo.

Endlich sprichst du vernünftig. Gieb mir deinen Arm. — So! — Gute Nacht, Freunde, gute Nacht, Meister Andrea!

Buffalmaco

(sich vom Altan aus verbeugend).

Wünsche allerseits wohl zu ruhen, ihr Herrn!

Andrea (resignirt).

Gleichfalls! Gleichfalls! (Im Abgehen.) Wenn mir nur Einer für ganz gewiß sagen wollte, ob das wirklich meine eigenen zwei Beine sind, und ob die Hühneraugen, die mir so wehe thun, nicht am Ende auch einem Andern gehören.

(Calandrino und Luigi gehen rechts im Hintergrunde, Andrea, von Pandolfo geführt, vorne links vom Zuschauer ab.)

Der Vorhang fällt.

Zweiter Aufzug.

Zimmer in Pandolfo's und Matteo's gemeinschaftlicher Wohnung, ein getäfeltes Gemach, das den Eindruck der Behaglichkeit hervorbringt. In der Mitte des Hintergrundes der Haupteingang, zu beiden Seiten ziemlich weit nach hinten ebenfalls Thüren; eine vierte Thüre, welche zu dem von Andrea bewohnten Zimmer führt, vorne links vom Zuschauer. Dieser gegenüber zur Rechten ein breites Fenster. Der Hausrath trägt ein gewisses künstlerisches Gepräge. An der Hinterwand links ein hoher offener Schrank mit Krügen, Humpen, Gläsern; zwischen den beiden Seitenthüren zur Linken ein Stehspiegel; an der rechten Seite der Hinterwand eine Orgel oder sonst musikalische Instrumente, weiter vorn ein Notenpult. Tische und Armsessel sind geschnitzt.

Erster Auftritt.

Malgherita am Tische sitzend. **Sylvia** steht vor ihr, eine Mandoline in der Hand.

Sylvia.

Wollt Ihr nicht singen, Fräulein? Ich habe Euch die Mandoline gestimmt.

Geibel, Meister Andrea.   4

Malgherita.

Ich mag nicht. Es ist eine ahnungsvolle Müdigkeit in meiner Seele, eine bange Erwartung, als ob mir etwas Großes widerfahren müßte.

Sylvia.

Ihr habt wohl unruhig geschlafen?

Malgherita.

Unruhig geschlafen, freilich. Aber schön geträumt.

Sylvia.

O laßt hören, was war es? Ich habe die schönen Träume gar zu gerne.

Malgherita.

Sieh, ich war mit Leonetto in einem großen blühenden Garten. Und der dicke Mann, den Herr Pandolfo gestern Abend zum Nachtessen mitbrachte, und mit dem sie ihren dummen Spaß treiben, war auch da. Erst erschreckte er uns recht. Aber dann hatte er mit einem Male Herrn Matteo's Geige in Händen und fing an, wunderlich darauf zu musiciren. Und wie er weiter und weiter spielte, da ward Alles umher wie verzaubert, die Sonnenstrahlen blitzten

noch einmal so golden, im Laub die Früchte
leuchteten wie Edelgestein, und endlich that der
Himmel weit sich auf und schneite rothe Rosen
über uns herab.

Sylvia.

Wie war das, Fräulein? Davon müßt Ihr
mir noch mehr sagen.

Malgherita.

Ein andermal, liebe Sylvia. Ich höre
Herrn Pandolfo kommen, und das Reich der
Wunder schließt sich zu. Seit unserm gestrigen
Zusammentreffen am Thor ist er mir doppelt
zuwider. Leonetto hat eine hübsche Schelmerei
ausgedacht, seine Zudringlichkeit zu bestrafen.

Sylvia.

Still, Fräulein, still!

Zweiter Auftritt.

Malgherita. Sylvia. Pandolfo kommt durch
die Mittelthür.

Pandolfo.

Nun, Mädchen, was sitzt Ihr hier, und legt
die Hände in den Schooß? Ich habe meinem

Bruder versprechen müssen, darauf zu achten, daß Ihr Eure Schuldigkeit thut.

Malgherita.

Wenn er uns nur einmal dasselbe in Bezug auf Euch auftragen wollte! Die Seidenhändler und Gastwirthe sollten schon damit zufrieden sein.

Pandolfo.

Laß den Muthwillen! Und nun ernsthaft gesprochen, sieh Dich vor, daß Du uns nicht um den Spaß bringst.

Malgherita.

Ernsthaft gesprochen, ich will Euern Spaß nicht umbringen, wiewohl das eigentlich kein Todtschlag wäre, sondern nur die Hinrichtung eines armen Sünders. Aber ich will Euer falsches Geld als vollwichtig annehmen.

Pandolfo.

Du wirst den Dicken in allen Stücken behandeln, als ob er Dein Vormund wäre.

Malgherita.

Mit Vergnügen. Meine Vormundschaft kann eben so gut auf die Bildschnitzerei wie auf die Musik gepfropft sein. Mir gilt es gleich, ob

Herr Matteo mich nach Noten ausschilt oder
mir hölzerne Gesichter schneidet.

Pandolfo.

Aber jetzt mach fort! Sing Deine Tonleitern
durch, und Du Sylvia sorge für ein Frühstück;
ich erwarte Besuch.

(Malgherita und Sylvia gehen ab durch die Mittelthür.)

Horch, da kommt auch der Dicke schon heran=
gestapft. Sehen wir was er treibt!

(Tritt hinter die Seitenthür rechts vom Zuschauer.)

Dritter Auftritt.

Andrea

(kommt durch die Seitenthür links vorne).

Was man nicht Alles erlebt! Hätte ich doch
darauf schwören mögen, ich sei Andrea, den
sie den Dicken nennen, und nun fängt es all=
mählig an, mir einzuleuchten, daß ich mich
geirrt habe. Sie sagen, ich habe das Fieber
gehabt, und davon sei mir der Kopf noch an=
gegriffen. Muß wohl wahr sein. Eigentlich
kommt es mir vor, als sei während meiner

Krankheit so ein Stück Seelenwanderung vor=
gegangen. Und nun will der alte Körper sich
noch nicht recht an die neue Seele gewöhnen;
denn — ehrlich gesagt, ich ertappe mich alle
Augenblicke doch noch auf dem Gedanken, daß
ich Andrea wäre. Da wird denn vor allen
Dingen nöthig sein, mir eine Notiz über die
Sache zu machen. (Zieht die Kreide hervor.)

Nun fort mit all dem andern Plunder!
(Wischt den Aermel rein.) Ein dicker Strich be=
deute, daß ich Matteo bin. (Macht den Strich.)
Matteo? — (Hält inne.) Was ist am Ende da=
gegen einzuwenden? Matteo ißt gut, Matteo
trinkt gut, Matteo schläft auf einem weichen
Bette, Matteo hat einen sorgsamen Bruder,
und ein ganz allerliebstes Mündelchen — ja
wohl, ich bin Matteo. Warum soll ich nicht?
Freilich ist Matteo auch ein Musiker — nun,
man muß nicht unbillig sein, und das bischen
Elend bei so viel Vortheilen geduldig mit in
den Kauf nehmen. — Ein berühmter Com=
poniste! Bei den elftausend heiligen Jung=
frauen, ich weiß nicht, wie ich dazu gekommen
bin; ich hätte eben so gut Generalfeldmarschall

oder gar Papst werden können. Aber das Grübeln ist vom Uebel, und Pandolfo hat Recht, wenn er sagt, man könnte darüber verrückt werden.

Vierter Auftritt.

Andrea. Pandolfo tritt rechts vom Zuschauer wieder hervor.

Pandolfo.

Nun, lieber Matteo, wie geht's? Hat das Fieber ganz nachgelassen?

Andrea.

Danke für gütige Nachfrage, lieber Bruder. Ich fühle mich so leidlich; leichter Athem, reine Zunge, sehr guter Appetit. Nur der Kopf will noch nicht recht. Immer noch einige Confusion. Nun, du weißt schon.

Pandolfo.

Das wird sich auch geben. Nach Tische wollen wir einen kleinen Spaziergang machen. Die frische Luft soll dir wohlthun.

Andrea.

Ganz wie du meinst. Aber weißt du was,

lieber Bruder? Dann laß uns doch zum Peters=
thor hinausgehen. Dort hat der dicke Andrea
seine Werkstatt; vielleicht steht er vor der Thüre
oder sieht aus dem Fenster. Ich begreife nicht,
wie's kommt; aber es treibt mich ordentlich mit
Gewalt, ihn mir einmal vom Kopf bis zu den
Füßen recht anzusehen.

Pandolfo.

Kommst du schon wieder mit deinen Grillen?
Du wirst deinen Zustand nochmals verschlimmern.

Andrea (begütigend).

Mißversteh' mich nur nicht! Ich meine ja
gar nicht — als ob der Dicke nicht Andrea
wäre — als ob er mich überhaupt etwas an=
ginge. Ei Gott bewahre! Ich bin Matteo,
(sieht seinen Strich an) ich versichere es Dir. (Kurze
Pause.) Aber sehen könnt' ich ihn doch einmal.

Pandolfo.

Was hast du nur von diesen Einbildungen
und Gelüsten! Viel vernünftiger wär' es, wenn
du einmal den Versuch machtest, ob's mit der
Arbeit noch nicht wieder gehen will. Deine
Notenhefte habe ich alle in den großen Eichen=
schrank in deinem Schlafzimmer gelegt.

Andrea (bestürzt).

Notenhefte? (Hält einen Augenblick inne, dann das Nächste sehr rasch.) Nein, lieber Bruder, das geht heute noch nicht, das würde mich noch zu sehr angreifen. — Aber sag einmal, hat denn der große Schrank da drinnen schon immer meinem Bette gegenüber gestanden?

Pandolfo.

Freilich, so lange du das Zimmer bewohnst.

Andrea.

Nun, dann hab ich ihn heute zum ersten Mal genauer angesehen. Das Schnitzwerk dran ist ja ganz abscheuliche Arbeit. Das hat ein rechter Stümper gemacht, der Schnitt unsauber, der Zierrath ganz geschmacklos. So etwas immer vor Augen zu haben, ist wahrhaftig fatal; ich will mich daran machen und ein bischen nach= bessern, so gut es sich thun läßt. Gib mir nur ein ordentliches Messer.

Pandolfo.

Hier nimm! Aber wie kommst du zu der Fertigkeit, Matteo?

Andrea (herausfahrend).

Nun, das muß ich doch — (Besinnt sich, da

Pandolfo ihn scharf anblickt.) Naturanlage, lieber
Bruder, Naturanlage! Wo der Trieb ist, ent=
wickelt sich das Talent von selbst. Laß mich's
nur versuchen.

(Geht vorne links in sein Zimmer.)

— · —

Fünfter Auftritt.

Pandolfo (allein).

Die Sache geht besser als ich dachte. Er
getraut sich wahrhaftig kaum an seiner Matteo=
schaft zu zweifeln. Nur daß er den neuen
Namen noch etwas unbehülflich trägt, etwa wie
ein frisch gebackner Doctor den schwarzen Man=
tel, wenn er zum erstenmale darin ausgeht. —
Wo nur Buffalmaco bleibt? Er ließ mir sagen,
er würde den Morgen noch vorsprechen. Ich
hoffe, er kommt bald. Denn gegen elf Uhr
muß ich zu meiner Ariadne von gestern, und
er soll mich begleiten, um nöthigenfalls Schild=
wache zu stehen.

Das ist ein allerliebstes Abenteuer. Wenn
ich nur herausbringen könnte, welche Schöne

eigentlich hinter der Sammetmaske steckt. Zum
Palast Frescobaldi beschied sie mich — sie hätte
mir keinen längeren Weg aussuchen können;
aber dort wohnt der Adel. Sicherlich ist sie
eine ausnehmend vornehme Person. Ja, ja,
ich bin ein Glücksvogel, nur die Flügel brauch'
ich auszubreiten, so trägt mich der Wind gleich
ins höchste Nest. Aber freilich giebts auch keinen
in Florenz, dem seine Sechsunddreißig so schmuck
zu Gesichte stehen. Und dazu mein grünes
Wamms von gerissenem Sammet und die knap=
pen Beinkleider von Scharlach und die gestickte
Krause. Ich habe mir auch einen neuen Busch
Pfauenfedern an meine Kappe geheftet. (Setzt
sie auf, vor dem Spiegel.) Wahrhaftig, das macht
sich! Und den Degen trag ich so, und dann
blick ich sie an — so — nein, nicht zu schmach=
tend, das macht die Weiber leicht übermüthig,
lieber die Augenbrauen etwas tyrannisch in die
Höhe gezogen — so — nun seh' ich doch ganz
aus wie ein Gegenstand für hochgeborne Pas=
sionen.

Sechster Auftritt.

Buffalmaco ist schon während der letzten Reden **Pandolfo's** in der Mittelthüre erschienen. Er tritt jetzt rasch ein, mit ihm **Cyprianus**, der einen flachen Folianten und einen kurzen schwarz und weiß gestreiften Stab trägt.

Buffalmaco.

Guten Morgen, lieber Gegenstand! Aber jetzt laßt Eure Passionen einen Augenblick bei Seite. Hier bring' ich Euch den würdigen Bruder Cyprianus, den Amphion aller gläubigen Seelen, denn er erbaut sie; den Trost aller Liebenden, denn er traut sie; den Schrecken aller bösen Weiber, denn er ist ein gewaltiger Teufelsbanner.

Pandolfo.

Seid uns willkommen, frommer Mann. Wollt Ihr Euch nicht setzen?

Cyprianus.

Ich danke Euch. Die Dringlichkeit meiner Geschäfte gestattet mir nirgends längeren Verzug. Bis Sonnenuntergang habe ich noch sieben Spitzbuben zu vermahnen, vierzehn Brautpaare zusammen zu geben und zwei Hexen zu inqui=

riren. Außerdem soll ich der großen Speise-
vertheilung im Klosterhof anwohnen; es giebt
heute Macaroni mit Liebesäpfeln. Das will
Alles abgethan sein; drum, wenn ich bitten
darf, ohne Umschweife zur Sache!

Buffalmaco.

Ich habe unsern verehrten Freund im All-
gemeinen bereits von dem eigenthümlichen
Seelenzustande Eures Bruders unterrichtet.

Pandolfo.

So wird für mich wenig hinzuzufügen sein.
Mein Bruder Matteo —

Cyprianus
(fällt ihm in die Rede).

Ohne Zweifel der Vormund der ehrbaren
Jungfrau Malgherita, deren herrliches Stimm-
organ uns beim Vortrage des Sanctus so oft
in Entzückung versetzte?

Pandolfo.

Eben derselbe. Bei diesem also hat sich
leider seit einigen Tagen die fixe Idee festgesetzt,
er sei nicht der Capellmeister Matteo, sondern
vielmehr ein gewisser Andrea, der, ich glaube,
Bildschnitzer ist.

Cyprianus.

Seltsam allerdings, aber nicht unerhört. Ich wurde einst zu einem angesehenen Kaufmann gerufen, der sich für den schiefen Thurm in Pisa hielt, und darum den Kopf immer auf die linke Schulter geneigt trug. (Macht die Pantomime.) Im Uebrigen war er ganz vernünftig und führte seine Bücher mit musterhafter Genauigkeit. So ist auch vielleicht der Herr Bruder sonst, was man so nennt, bei völligem Verstande? Er raset nicht, verspürt auch keine sonderlichen Gelüste, als etwa Spiegel zu zertrümmern, Feuer anzulegen oder mit Fliegen und Spinnen zu frühstücken?

Pandolfo.

Nichts von der Art. Nur wenn man den einen Punkt berührt, beginnt das Faseln.

·Cyprianus.

So wird denn die Vermuthung, die Herr Buffalmaco unterwegs gegen mich aussprach, doch wohl richtig sein. Ja gewiß, es ist irgend ein unsauberer Geist in Herrn Matteo gefahren. Aber da seid Ihr bei mir vor die rechte Schmiede gekommen. Glaubt mir, meine

Freunde, ich habe schon stärkere Teufel gebän=
digt. Wo ist der Besessene, daß ich den Dämon
von ihm ausfahren heiße?

Pandolfo.

Ich hör' ihn kommen. Geht mit Vorsicht
zu Werke.

Cyprianus (wichtig).

Laßt mich nur machen. Ich verstehe das.

Siebenter Auftritt.

Die Vorigen. Andrea kommt, vorne links.

Andrea.

Du hast mir da vorhin ein schlechtes Messer
gegeben, Pandolfo. Als ich kaum ein Paar
Schnitte gethan hatte, zersprang die Klinge.
— Ah, sieh da Signor Buffalmaco! Und seid
willkommen, würdiger Bruder! Wollt Ihr nicht
mit uns frühstücken? Ich denke, es ist Zeit;
mein Magen wenigstens hat bereits zehn Uhr
geschlagen.

Cyprianus.

Ich dank' Euch, lieber Herr Matteo. Ich

sprach nur vor, um mich nach dem allerseitigen Befinden zu erkundigen, und freue mich, Euch wohl zu sehen. (Für sich.) Man merkt ihm nichts an. (Laut.) Was haltet Ihr denn von dem Wetter, lieber Herr Matteo?

Andrea.

Je nun, ein prächtiger Sonnenschein, etwas heiß und so viel Stechfliegen, daß es einen ordentlich auf absonderliche Gedanken bringen könnte.

Cyprianus (ausforschend).

Ei, ei, absonderliche Gedanken! Was meint Ihr damit zum Exempel?

Andrea.

Nun, etwa im Zimmer am Sims eine Blaumeisenhecke anzulegen gegen die Fliegen, wie man gegen die Mäuse einen Hauskater hält.

Cyprianus (leise zu Pandolfo.)

Alles ganz vernünftig! Der Teufel hat sich in einen einzigen Winkel seiner Seele zusammengekauert. Aber wir wollen ihm ins Antlitz leuchten. (Laut.) Sagt mir doch Ihr Herrn, habt Ihr denn schon von dem neuen Schnitzwerke gehört, welches die Dominicaner für ihre Kirche bestellt haben?

Andrea (rasch).

Ist das nicht ein heiliger Georg?

Cyprianus.

Ja wohl, ein heiliger Georg mit dem Drachen. (Für sich.) Aha, nun faßt es. (Wieder laut.) Es soll von einem gewissen Andrea verfertigt sein.

Andrea.

Allerdings, ich — (Pandolfo tritt drohend auf ihn zu, er erschrickt, blickt auf seinen Strich und spricht dann tonlos und abgebrochen.) Allerdings — es soll — von einem gewissen — Andrea verfertigt sein.

Cyprianus (für sich).

Jetzt sind wir auf der richtigen Fährte. (Laut.) Heute Morgen sprach ich Verschiedene, welche die Arbeit in der Werkstatt des Künstlers in Augenschein genommen hatten, und diese sagten mir —

Andrea (ungeduldig).

Was, was sagten sie?

Cyprianus.

Daß es ganz und gar nichts tauge; der heilige Georg säße zu Pferde wie ein Mehlsack, und der Lindwurm sähe aus wie eine Eidechse, welche die natürlichen Blattern hat.

Andrea
(heftig losbrechend).

Dummköpfe sind das gewesen, Herr Frater, die das gesagt haben, zweibeinige Mülleresel, von denen hundertundzwanzig auf ein Schock gehen. Alle elftausend heiligen Jungfrauen! Der heilige Georg wie ein Mehlsack! Hab' ich darum Nächte lang gesonnen, wie ich jeden Zug ausführen wollte? Bin ich darum neulich unmittelbar nach Tische zwei ganzer Stunden weit nach dem Ringelstechen hinaus gelaufen, um zu sehen, wie Einer beim Stoßen im Sattel sitzt! — Wie ein Mehlsack! Es ist zu arg, es ist unerträglich, es ist himmelschreiend!

Cyprianus
(hat sein Buch aufgeschlagen und beschreibt Zeichen mit dem Stabe, mit erhobener Stimme).

Exorciso te! Exorciso te! Apage Satana!

Andrea
(ohne noch auf Cyprianus zu achten).

Aber laßt mir die Herren nur kommen! In die Zähne will ich's ihnen sagen, was ich von ihnen denke. Den Text will ich ihnen lesen, den nichtswürdigen Kritikastern!

Cyprianus
(näher auf Andrea zutretend).

Exorciso te! Apage Satana!

Andrea.

Bleibt mir vom Leibe mit Eurem Gefuchtel und mit Eurem Latein! Mein Drach ist ein schöner Drach, ein ganzer Drach, ein ächter Drach und mehr werth als zwanzig Fratres, die auf ihn zu lästern wagen.

Cyprianus.

Exorciso te! Esruch, Sesruch, Balguch, Sanct Cassius, Elsazon!

Andrea
(ihm auf das Buch schlagend, mit steigender Heftigkeit).

Ihr sollt nicht Latein sprechen, oder Ebräisch oder Aegyptisch! Ihr sollt bekennen, daß mein Drach ein guter Drach ist, oder es soll kein Knöchelchen an Euch ganz bleiben.

Cyprianus
(sich retirirend, aber nur lauter beschwörend).

Mentue, Semson, Sasion, Sangariel, Abiodenon, Faxan!

Andrea (wüthend).

Wartet ich will Euch befaxen. (Er will auf ihn zuspringen; die Andern halten ihn.)

Pandolfo.

Halt, halt, Matteo, bist Du rasend?

Cyprianus.

Apage! Tetragrammaton, max, nax, pax Sesserod.

Andrea
(dazwischen schreiend).

Ha, so soll doch — (Er reißt sich los, um auf Cyprianus zu stürzen, verwickelt sich aber im Teppich und fällt, indem er das Notenpult unter großem Gepolter mit umreißt.)

(Kurze Pause.)

Cyprianus
(schlägt sein Buch zu).

So! Jetzunder scheint der unsaubere Geist aus ihm gefahren. Er hat noch im Zorne das Pult umgeworfen.

Buffalmaco.

Ja wohl, mir däucht, ich sah den Schatten seines Schwanzes über den Spiegel gleiten.

Andrea (am Boden).

Helft mir nur auf die Beine! Helft mir nur auf die Beine!

Pandolfo.

Aber liebster Matteo! Welch ein schrecklicher Rückfall!

Buffalmaco

(Andrea mit Pandolfo's Hülfe aufrichtend und in einen Armsessel führend).

So! Ruht Euch aus. Der Anfall hätte durch den Fall leichtlich ein Unfall werden können. Ihr müßt Euern treuen Bruder nicht so betrüben.

Andrea (kleinmüthig).

Nein! Gewiß nicht wieder! Ach ich bin so erschöpft, so erschöpft. — Wie war mir doch! Ich weiß nicht, wie es zuging, aber ich meinte ganz gewiß, ich wäre Andrea und hätte den heiligen Georg geschnitzt.

Cyprianus.

Freilich, mein Sohn, Beelzebub hatte Dein Gemüthe verblendet; aber ich habe ihn von Dir getrieben; er ist ausgefahren wie der Stöpsel von einer Flasche gährenden Weines, und Du wirst hinfort Ruhe haben. — (Rüstet sich zum Aufbruch.) Guten Morgen ihr Herrn. Ich verlasse Euch; mein Geschäft ist glücklich beendet, und die Uhr geht auf elf.

Pandolfo.

Auf elf! (Für sich.) Ariadne ruft. — (Wieder laut.) So geben wir Euch das Geleite. Lieber Matteo, ich habe einen nothwendigen Gang in die Stadt, und Buffalmaco will mich begleiten. Du mußt heute schon mit den Mädchen allein frühstücken.

Andrea
(der sich allmählich wieder erholt hat).

Wohl, und ich werde für Dich mitessen. Ich glaube beinahe, der Dämon hat mir im Magen gesessen. Denn drinnen spür' ich plötzlich eine Leere — der Wallfisch des Jonas kann sie nicht ärger empfunden haben, als er den Propheten ausgespieen hatte.

Buffalmaco.

Gesegnete Mahlzeit denn!

Cyprianus.

Und gute Besserung.

(Pandolfo, Buffalmaco und Cyprianus gehen ab durch die Mittelthüre; der letzte läßt seinen Folianten auf dem Tische liegen.)

Achter Auftritt.

Andrea (allein).

Seltſam! Seltſam! Wie kam mir denn nur wieder der curioſe Einfall? Ja, richtig, bei dem Schnitzwerk. — Und der heilige Georg — hab' ich ihn denn nicht wirklich? — Apage Satana! Trägſt du ſchon wieder Gelüſte nach meiner armen Seele? Ich muß mich nur auf andere Gedanken bringen. (Er ergreift einen großen alt= modiſchen Fliegenwedel, klatſcht Fliegen und ſummt):

Es war eine Dirne hold zu ſchau'n —
Hatt' ein Aug' blau, das andre braun,
Die ſprach zum Junker Sauſewind:
Mein Schatz —

Ah, da hör' ich Teller klappern! Das iſt noch Muſik. Bringt Einen doch nichts ſo raſch in die liebe Wirklichkeit zurück, als ein tüchtiges Frühſtück.

Neunter Auftritt.

Andrea. Malgherita und Sylbia mit dem Frühſtück.

Malgherita.

Guten Morgen, Herr Vormund!

Andrea.

Guten Tag, ihr hübschen Kinder, guten Tag. Ihr bringt in dem Schinken da einen so dringenden Empfehlungsbrief an meinen Appetit, daß ich euch willkommen heißen würde, selbst wenn ihr bucklicht wäret und schieltet.

Malgherita
(während sie sich zum Frühstücke setzen).

Seht Euch vor, Herr Matteo, daß Euer Witz nicht bucklicht wird und Eure Gleichnisse nicht schielen. Das ist wenig Ehre für uns, wenn wir bei Euch einer geräucherten Empfehlung bedürfen.

Andrea.

Immer schlagfertig, kleine Nachtigall?

Malgherita.

Wozu gäb' es Nachtigallen, wenn sie nicht schlagen sollten? Die Gimpel freilich pfeifen bloß, es fehlt ihnen an gutem Ton. — Aber gelt, ich will Euch nicht böse machen. Kommt, reicht Euern Teller her, hier leg' ich Euch dieß vortreffliche Schnittchen vor, nehmt es als Friedensopfer an.

Sylvia.

Und ich schenk' Euch ein. Guter Wein findet gute Statt wie gutes Wort.

Andrea.

Fürwahr Kinder, man kann euch nicht gram sein. (Ißt.) Und der König Sardanapalus hat keinen besseren Schinken gekostet, wenn er seinen Namenstag feierte. — Aber Du issest ja nicht, Malgheritchen. Thu' mir's doch nach! Ich gehe Dir mit gutem Beispiele voran.

Malgherita.

Dafür seid Ihr auch mein Vor=Mund.

Andrea.

Sylbenstecherei und kein Ende! Nur bringst Du Deine Einfälle mit so betrübter Miene vor, als ob Dir's mit dem Spaße kein rechter Ernst wäre. Fehlt Dir denn etwas?

Malgherita.

Ach, Herr Matteo, wenn ich Euch Alles aufzählen sollte, was mir fehlt, ich würde vor Sonnenuntergang nicht fertig. Das Register meiner Klagen ist so lang wie die Arnobrücke und klingt jämmerlich wie eine zersprungene Vesperglocke.

Andrea
(allmählig aufthauend).

Nun, nun — Jeder hat am Ende sein Bündel=
chen zu tragen, es geht Keinem ganz nach Wunsch.
Sieh mich an. Ich habe eigentlich mein Lebtage
die Musik nicht leiden können und bin nun doch
Capellmeister geworden, und berühmter Compo=
niste dazu. Und was andere Kleinigkeiten betrifft,
da muß man sich etwas versagen lernen. Ich
hätte zum Exempel für mein Leben gerne meinen
Bruder oder sonst einen guten Kumpan hier, daß
er mir beim Weine Bescheid thäte. Indessen es
geht nicht an, und Du siehst, ich maule nicht und
laß' es mir nichtsdestoweniger schmecken. — Aber
sag einmal Malgherita, was hast Du denn
vor? Statt in die Schüssel zu sehen, schickst
Du Deine Blicke zum Fenster hinaus und führst
sie draußen auf dem Platze spazieren.

Malgherita.

Ich sehe nur nach der Uhr am Glocken=
thurme gegenüber.

Andrea
(ist aufgestanden).

Oder nach dem jungen Manne, der unten
am Thurme steht, und eben heraufgrüßt.

Sylvia (für sich).

O weh!

Malgherita.

Er wird Euch gegrüßt haben.

Andrea.

Auch möglich. Ich habe sein Gesicht schon irgendwo gesehen und kann Dir versichern, daß es ein gutes Gesicht ist. Wenn ich mich nur besinnen könnte! (Blickt wieder hinaus.) Er bleibt noch immer stehen und blickt herauf. Vielleicht erwartet er Jemanden. (Mitleidig.) Aber da unten im grellen Sonnenschein! Dauert mich, dauert mich in der That, der hübsche junge Mann. Wenn ich nur wüßte wie er hieße, so könnte ich ihn heraufrufen! Hier im Schatten, bei einem Glase Wein, ist's doch immer besser, als draußen auf der brennenden Gasse.

Malgherita

(ist von hinten an Andrea herangetreten, ihm die Hand auf die Schulter legend).

Lieber Vormund, ich glaube, er heißt Herr Leonetto.

Andrea (unbefangen).

Ei, das ist mir lieb zu hören. Ja und ich erinnere mich ganz deutlich, er hat mir irgend einen Dienst erwiesen, nur die Umstände (mit einem Blick auf den Aermel) sind aus meinem Ge- dächtnisse verwischt. (Ruft aus dem Fenster.) Herr Leonetto! Lieber Herr Leonetto! Wollt Ihr nicht heraufkommen?

(Pause.)

Nein, gewiß nicht, gewiß nicht! Ich mache keinen Spaß; es wird mir eine Ehre sein, wenn Ihr mit mir frühstücken wollt. Nur hier unten herein, und geradeaus die Treppe herauf.

Sylvia
(leise zu Malgherita).

Ach, Fräulein ich zittere an allen Gliedern. Ich mache mich fort.

Malgherita.

Den Kopf nicht verloren! Furchtlos und treu ist der Wahlspruch der Liebe.

(Sylvia geht ab durch die hintere Seitenthüre links.)

Zehnter Auftritt.

Die Vorigen ohne Sylvia. Leonetto.

Andrea.

Seid mir willkommen, lieber junger Herr. Nehmt Platz! Hier ist's kühler wie draußen

vor den Häusern. Ich darf Euch doch einen
Becher Wein anbieten?

Leonetto.

Ich weiß nicht, wie ich Eure Güte und
Freundlichkeit verdient habe, aber ich nehme sie
fröhlich an als ein schönes Geschenk des Himmels.

Andrea.

Macht keine Umstände. Es war ein gut
Stück Selbstsucht dabei. Ich dachte eben: Zu
zweien trinkt sich's doch besser. Da sah ich
Euch dort unten in der Hitze stehen und rief
Euch herauf.

Leonetto.

So will ich der Mutter Natur ewig dank-
bar sein, daß sie den Geist der Geselligkeit in
den Saft des Rebstockes bannte, da er mir
wie mit goldenem Schlüssel Euer Haus öffnet.

Andrea.

Sehr gut gesagt, junger Freund. Und rasch
Malgherita, schenke dem Herrn ein. Ei, du
glühst ja über und über wie eine Rose. Wer
wird so befangen sein! — Das ist meine Mündel,
lieber Herr. Ihr müßt es dem hübschen Kinde
nicht verargen, wenn sie sich ein wenig ziert.

Leonetto.

Ihr lebt hier wahrlich wie im Olymp; Hebe selbst kredenzt den Nektar. Dreimal glücklich, wer an Eurem Tische sitzen darf. Erlaubt mir, daß ich diesen Becher auf Euer Wohlsein leere, und mögt Ihr mir immerdar so freundlich gesinnt bleiben.

Andrea.

Warum sollt' ich nicht! Ihr gefallt mir. Ihr habt ein freies Auge und eine hohe Stirne, wie sie unser Herrgott seinen Schooßkindern zu geben pflegt. Ich könnte Euch für einen Künstler halten.

Leonetto.

Ihr habt's errathen. Ich bin Baumeister.

Andrea.

Baumeister, ei — ein herrlich Geschäft — so den ungeschlachten Stoff durch Maß und Verhältniß Sitte lehren, und die Wohnstatt richten für Gerechte und Ungerechte. Ich meinestheils, ich bin — ja — ich bin mit Eurer Erlaubniß ein Musiker. Aber reden wir von Euch. Was baut Ihr denn?

Leonetto.

Nun, was eben vorkommt. Häuser und

Brücken, Thürme und Capellen. Ich habe vollauf zu thun und fühle mich reich und glücklich dabei. Aber noch glücklicher würd' ich freilich sein, wenn ich mir erst den eigenen Herd bauen dürfte.

Andrea.

Wer hindert Euch daran? Thut doch, wozu das Herz Euch treibt.

Leonetto.

Ihr vergeßt, daß zum Herde auch die Hand gehört, welche das heilige Feuer schürt, und daß diese Hand oft schwer zu gewinnen ist. Aber Euer edles Wohlwollen könnte mir Muth machen, Euch die geheimsten Wünsche meines Herzens anzuvertrauen —

Malgherita (rasch, leise).

Sachte, sachte, um Gotteswillen —

Andrea (gutmüthig).

Ei, ei, vertraut mir immerhin was Ihr wollt. Es soll gut aufgehoben sein. Und wenn ich Euch helfen kann — (Es klopft stark.) Heda, wer klopft denn so? Herein! Herein!

(Die Mittelthür öffnet sich weit, Pasquale erscheint in derselben.)

Ein vornehmer Herr!

Eilfter Auftritt.

Die Vorigen. Pasquale tritt verbindlich grüßend
ein, ihm folgt ein Page, welcher einen Korb mit Wein
trägt.

Pasqnale.

Der werthen Gesellschaft freundlichsten Gruß!
Habe ich die Ehre, dem großen Musiker und
weltberühmten Componisten Signor Matteo
gegenüber zu stehen?

Andrea
(sieht auf seinen Strich).

Zu viel Ehre, aber mein Name ist Matteo.

Pasqnale.

So habe ich im Auftrage Seiner Eminenz
des Cardinals von Comalunga, des großmüthi-
gen Beschützers aller Künste —

Andrea.

Verzeiht einen Augenblick — (Zu Leonetto, der
nach seinem Barette gegriffen hat). Lieber Herr Leonetto, ich bitte Euch, brecht nicht auf. Meine
Geschäfte sind für Niemanden ein Geheimniß.
(Er ergreift Leonetto bei der Hand und führt ihn zu
Pasquale in den Vordergrund, so daß er gewissermaßen
genöthigt wird, als Dritter an der Unterhaltung Theil

zu nehmen, und von Malgheriten getrennt bleibt, welche sich indessen an dem Schranke im Hintergrunde zu schaffen macht. Sobald die Personen gruppirt sind, wendet sich Andrea wieder zu Pasquale.) Bitte nochmals um Entschuldigung. Also Seine Eminenz, der Cardinal —

Pasquale.

Von Comalunga sendet mich zu Euch, vorerst um Euch zu bitten, den beifolgenden Korb mit Syrakuser als eine kleine Ermunterung zu Eurer großen Arbeit annehmen zu wollen. (Auf einen Wink Pasquales setzt der Page den Korb nieder und entfernt sich.)

Andrea.

Sehr verbunden, lieber Herr, sehr verbunden — Syrakuser — ei ja, ich hab ihn immer für ein ausnehmend vortreffliches Getränke gehalten. Auch Montefiascone schmeckt gut, und Lacrymä vom Vesuv, aber ich ziehe den Syrakuser dennoch vor. — Nicht wahr, Herr Leonetto, Seine Eminenz verstehen sich auf die Natur der Künstler? Andere Leute sind hungrig, aber ein Künstlergemüth ist ewig durstig. Es ist falsch, wenn man sagt: Kunst geht nach Brod. Handwerk geht nach Brod, aber Kunst geht nach Wein.

Pasquale.

Ferner trugen Seine Eminenz mir auf, bei
Euch anzufragen, wie es mit der Messe stände?

Andrea
(mißverstehend, ganz unbefangen).

Ei nun — wie soll es damit stehn? Ich
denke ganz wie Seine Eminenz es wünschen
können. Die Messe wird dießmal wohl besonders
reich und glänzend ausfallen, da das Wetter
sehr schön zu bleiben verspricht.

Pasquale
(Andrea's Rede nach seinem Sinn deutend).

Also Ihr seid in Euern Schöpfungen auch
von den Einwirkungen der Euch umgebenden
Natur abhängig? Ein ächt künstlerischer Zug,
den ich sonst namentlich an Poeten bemerkt habe.

Leonetto.

Ihr habt Recht, Signor. Ich selbst kannte
einen, der im Herbste regelmäßig Elegien und
Betrachtungen über die Hinfälligkeit alles Irdi-
schen schrieb; im Winter gefroren seine Empfindungen zu steifen Sonetten, aber mit dem ersten
Frühlingshauch kam das Thauwetter in seine Ge-
dichte, und war nichts zu sehen als eitel Wasser.

Pasquale.

Doch um wieder auf Euer Werk für die Capelle des Cardinals zu kommen, so wünscht derselbe, daß besonders der Chor mit recht kunstreichen Figuren verziert sein möge, wie sie Euch so trefflich gelingen.

Andrea (warm).

Nun, das freut mich doch, daß Ihr meine Figuren schön findet. Da war erst Einer, der sprach von Mehlsäcken, der dumme Mensch — aber — (Starrt plötzlich wieder auf seinen Aermel, völlig den Faden verlierend.) Wie ist mir denn? — Verzeiht Herr — Ich habe das Fieber gehabt und bin mitunter etwas geistesabwesend — Aber jetzt besinn' ich mich — ganz recht — sagt mir doch, lieber Herr, wovon redet Ihr denn eigentlich?

Pasquale (für sich).

Ein wunderlicher Kauz, aber einen Sparren haben sie alle. (Laut.) Ich sprach von dem Musikwerke, von der großen Messe, welche Seine Eminenz bei Euch bestellt haben, und wollte Euch den Wunsch meines Herrn ausdrücken, daß Ihr —

Andrea.

Ja so — ganz richtig — der Cardinal hat eine Messe bei mir, bei dem Capellmeister Matteo bestellt. Jetzt begreif' ich es ganz. O, seid versichert, sie ist in den besten Händen, sie wird eben so vorzüglich werden wie meine andern musikalischen Werke. Sobald ich hergestellt bin, werde ich gleich wieder daran gehen.

Malgherita.

Lieber Vormund, wollt Ihr dem Herrn nicht Eure Arbeit vorlegen, so weit sie vollendet ist? Sagt man doch: Aus der Klaue den Löwen.

Andrea.

Recht gerne mein Kind, recht gerne. Wenn ich nur wüßte, wo sie diesen Augenblick liegt.

Malgherita.

Im großen Eichenschranke, Herr Matteo. Ich weiß sie zu finden und hole sie her.

(Geht ab durch die vordere Thüre links.)

Andrea.

Weiß das Blitzmädel am Ende besser unter meinen Scripturen Bescheid als ich selber! Ein wahres Glück für mich, solch Mündelchen zu

haben. Denn offen gestanden, Herr, meine Ge=
müthsart neigt einigermaßen zur Confusion.

Leonetto.

Künstlerwirthschaft! Künstlerwirthschaft!

Malgherita

(kommt zurück mit Noten).

Hier ist die Partitur. Werft einen Blick
hinein, werther Herr, und wenn Ihr ein Kenner
seid, werdet Ihr in diesem Wald von Noten
die Vögel schon singen hören.

Pasquale

(die Blätter durchsehend).

In der That — eine großartige Introduktion.
— Und hier dieß Solo (mit dem Ausdruck eines
Kunstenthusiasten) himmlisch sage ich Euch —
himmlisch! Wie reizend modulirt Ihr hier von
einer Tonart in die andere. Und welche Instru=
mentation! Hier, wo die As-Hörner kommen,
wo die Geigen staccato und pizzicato einsetzen
— das wird eine Gesammtwirkung geben! —
Nehmt den Zoll meiner Bewunderung, ver=
ehrter Meister. Wenn Ihr das Werk so zu
Ende führt, wie Ihr begonnen, so reicht es
allein hin, Euch die Unsterblichkeit zu sichern.

Andrea (zuversichtlich).

O, ich werde es schon zu Stande bringen, mir ist gar nicht bange. Ganz wie Ihr sagt: Harmonie und Melodie zusammen in Thon modellirt — und die Nashörner und die Herrn Pack=Cato und Spizzi=Cato will ich auch schon wieder anbringen, und meinetwegen den Portius Cato obendrein.

Pasquale.

Ihr scherzt, würdiger Mann, aber es freut mich, Euch bei so guter Laune zu finden. Mir ist immer gesagt, eine gründlich heitere Stimmung sei die Mutter der vorzüglichsten Kunstwerke. (Aufbrechend.) Ich kann also dem Cardinal Hoffnung machen, daß er die Arbeit bald vollendet sehen dürfte?

Andrea.

Gewiß, gewiß. Und vergeßt ja nicht, Seiner Eminenz meinen aufrichtigsten Dank für den vortrefflichen Syrakuser abzustatten.

Pasquale.

Werde nicht verfehlen. — Und somit Euer gehorsamster Diener.

(Andrea komplimentirt ihn hinaus.)

Zwölfter Auftritt.

Andrea. Malgherita. Leonetto.

Andrea
(zurückkehrend, mit Behagen).

Es hat doch auch seine angenehmen Seiten, ein Componiste zu sein! Wenn's einem so mir nichts, dir nichts Syrakuser ins Haus regnet, das laß ich mir noch gefallen. (Zieht eine Flasche hervor und hält sie prüfend gegen das Licht.) Wie das blinkt! Eitel Rubin! Müssen's doch gleich versuchen. Rückt heran, junger Freund, und gieb frische Gläser Malgherita!

Leonetto.

Ich habe vieler Menschen Städte gesehen, Herr Matteo; doch Ihr seid der freundlichste Wirth, der mir jemals begegnet.

Andrea.

Meint Ihr? Nun das ist mir lieb. (Trinkt.) Bei den elftausend heiligen Jungfrauen! Exquisit die Sorte da! Feurige Süßigkeit, süßes Feuer. Schenk noch einmal ein, meine reizende Hebe, wir wollen auf Dein Wohl trinken. Stoßt an, Herr Leonetto!

Leonetto.

O, von ganzem Herzen.

(Beim Anstoßen haben sich die jungen Leute erhoben.
Während Andrea ganz in sein Glas vertieft langsam und
mit sichtbarem Wohlbehagen den Wein schlürft, ergreift
Leonetto leise hinter dem Rücken oder vielmehr über dem
Haupte des Trinkenden Malgherita's Hand und küßt sie.
In demselben Augenblicke sieht Andrea auf.)

Andrea.

Sagt einmal Kinder, es will mir fast vor=
kommen, als wäre Eure Bekanntschaft nicht
von heute. Ihr habt Euch wohl schon öfter
gesehen?

Leonetto
(etwas betroffen).

Ich hatte das Glück, der Signora Mal=
gherita häufig zu begegnen, wenn sie aus der
Messe kam —

Malgherita (eifrig).

Und da war Herr Leonetto immer so freund=
lich, mir Platz im Gedränge zu schaffen. Dafür,
denk' ich, hat er doch die gerechtesten Ansprüche
auf meine Dankbarkeit. —

Andrea (gutmüthig).

Nun, nun, Dankbarkeit ist eine schöne

Tugend und selten genug in der Welt. Da-
gegen läßt sich nicht viel einwenden. Und glaubt
mir nur, Kinder, ich bin auch jung gewesen
und weiß, wie es thut, wenn Einem das Feuer
vom Herzen auf die Lippen steigt. (Mit immer
stärker durchbrechendem Gemüthston.) O die Jugend!
die Jugend! Die schöne goldene Zeit, wo Kopf
und Herz und Sinne noch einträchtig mitein-
ander gehn! Mich überfällt es wie ein Heim-
weh, wenn ich daran denke, wie das nun alles
so weit hinter mir liegt.

Leonetto.

Ihr thut Euch selber Unrecht, Herr Matteo.
Ein ächter Künstler altert nicht. Und ob Euch
auch schon ein wenig Reif auf die Schläfe fiel,
der Brunnen da drinnen (auf Andrea's Herz deutend) gefriert nimmermehr.

Andrea.

Ich glaube wahrhaftig, Du hast Recht, mein
Junge. Ja, Du hast Recht. Nur verschüttet
war er, der Brunnen, verdammt verschüttet,
mit Trümmern und Unkraut, Sorg' und Aerger.
— Aber Wein und Freundschaft räumen gut
auf. Ich spür' es ordentlich, wie sich's drinnen

rührt, wie's durch all das Geniste warm und sprudelnd hindurchbricht. Das Herz geht mir auf, als wollt' es noch einmal Frühling werden. (Warm und tief von innen heraus.) Ach Kinder, mir ist wohl, von ganzer Seele wohl. (Kleine Pause.) Was seufzest Du nur, Malgherita?

Malgherita.

Ich kann's nicht helfen, aber ich muß immer daran denken, daß alle Freude so kurz ist. Der Augenblick ist schön, doch wer steht uns dafür, daß das nicht Alles ein Traum ist? Die nächste Stunde kann uns erwecken, damit wir uns dann zwiefach betrübt fühlen.

Andrea.

Wie kommst Du nur auf solche Gedanken, Kind! Nein, nein! Schlag Dir die Grillen aus dem Kopfe! Warum sollt' es nicht so bleiben! Warum sollten wenigstens sich solche Stunden nicht wiederholen lassen!

Malgherita.

Das Glück hat schnelle Füße, und wenn es einmal davongelaufen ist, so ist es schwer wiederzuholen.

Andrea.

Darum soll man es festhalten, wenn es da
ist. — Hört Kinder, nicht wahr, wir Dreie
taugen für einander?

Leonetto.

Gewiß. Wem sollte bei Euch nicht froh
und heimlich werden?

Andrea.

Wohl, so laßt uns unser Leben doch so ein=
richten, daß wir oft, recht oft bei einander
sind —

Leonetto.

Ich weiß nicht, ob ich Eure Worte nach
meinen Wünschen auslegen darf. Aber der
glücklichste Mensch unter der Sonne wäre ich,
wenn ich Malgherita mein Weib, wenn ich
Euch —

(Es klopft.)

Malgherita (betrübt).

Ach, da kommt Jemand, und nun wird es
mit dem Traume vorbei sein, wie ich sagte.

———

Dreizehnter Auftritt.

Die Vorigen. Cyprianus haftig durch den Haupteingang.

Cyprianus
(mit der Eile eines Vielbeschäftigten).

Verzeiht, verzeiht, wenn ich störe! Ich muß vorhin mein Spruchbuch hier zurückgelassen haben.

Andrea.

Hier liegt es noch auf dem Tische. Keine profane Hand hat seine Blätter berührt.

Cyprianus.

Danke Euch! Nun wie geht's, wie steht's, Herr Matteo?

Andrea (herzlich).

Sehr wohl, würdiger Bruder, sehr wohl. Ihr habt mir wahrlich einen großen Dienst erwiesen, da Ihr den bösen Dämon von mir triebet. Ich kann Euch nicht sagen, wie froh und heiter mir seitdem zu Muthe ist; ich möchte die ganze Welt umarmen.

Cyprianus
(welcher ein ihm von Malgherita gebotenes Glas rasch geleert hat).

Herrliche Anzeichen vollständiger Wiederher=

stellung! Aber ich muß weiter. Meine Geschäfte drängen. Die Spitzbuben sind vermahnt, die Hexen sind inquirirt; jetzt geht es an die vierzehn Trauungen —

Andrea.

Trauungen? — Da kommt mir ein Gedanke. Sagte nicht erst Jemand, das Glück habe schnelle Füße, und darum müsse man es festhalten?

Malgherita (dringend).

Ja, und zwar so fest, daß es nicht wieder entwischen könne.

Andrea.

So verzeiht, frommer Mann, wenn ich Euch doch noch einen Augenblick zu verziehen bitte. Wir bedürfen hier Eures Amtes.

Cyprianus.

Wohl, wohl. Aber bringt die Sache rasch vor!

Andrea.

Seht, dieß ist Herr Leonetto —

Cyprianus.

Ei, ei, ich kenne den Herrn Baumeister. Er hat noch im Frühjahr schwere Summen

von uns verdient, da er die neue Kuppel über
unserer Kirche wölbte.

Andrea.

Desto besser. Also ganz kurz. Herr Leonetto
wirbt um die Hand meiner Mündel Malgherita;
ich, ich gebe meine Einwilligung und Ihr sollt
den Segen sprechen, und zwar auf der Stelle.

Cyprianus.

Mit Vergnügen. — Macht also fünfzehn
Trauungen für heute. — Das Nöthige für die
Ceremonie wird in der Nähe sein?

Malgherita.

Ja wohl, hier nebenan, die Nische meines
Zimmers ist wie ein Capellchen eingerichtet.

Leonetto.

Ich weiß nicht, wach' ich? träum' ich? Ist's
möglich Malgherita?

Malgherita.

Es ist kein Traum. Nun schneit es rothe Rosen.

Cyprianus (drängend).

Aber ich muß bitten, — es warten noch
vierzehn andere Paare —

(Malgherita, Leonetto und Cyprianus eilen ab durch die
intere Seitenthüre links vom Zuschauer, Andrea bleibt
einen Augenblick zurück.)

Andrea.

Seltsam! Es klingt mir da was so lustig im Herzen — das singt und spielt und jubelt — ich glaube wahrhaftig, die Musik kommt mir wieder. (Er folgt den Andern.)

Vierzehnter Auftritt.

Die Scene bleibt einen Augenblick leer. Dann erscheinen **Pandolfo** und **Buffalmaco** durch den Haupteingang auftretend, der erstere mit allen Zeichen heftiger Verstimmung.

Buffalmaco.

Seid vernünftig Pandolfo, und laßt den übel angebrachten Zorn! Wer Spaß ausübt muß auch Spaß ertragen können.

Pandolfo.

Aber dieß ist zu arg. Muß ich da bei der brennenden Mittagshitze im engen Galaanzug den endlosen Weg zum Palast Frescobaldi hinauslaufen, und denke doch wenigstens ein Paar holde Worte als Lohn zu gewinnen. Und als ich ankomme, staubig und schweißtriefend, stehen dort drei zerlumpte Musikanten und geigen und singen ein Spottlied. Und an der dritten Säule hängt ein abgerissenes Endchen Strick mit der Umschrift, das sei der Faden der Ariadne. Nein, nein, das ist herzlos, das ist abscheulich!

Buffalmaco.

Ich sehe das nicht ein. Ihr habt mit uns den ehrlichen Andrea aufgezogen, Eure Schöne hat Euch aufgezogen: das ist ein Lustspiel in zwei Aufzügen, aber kein Grund zum Aerger.

Pandolfo.

Hol' der Henker Euren Gleichmuth! Ich mag und will nicht der Narr in der Komödie sein.

Buffalmaco.

Warum denn nicht? Etwa weil Ihr ein geschlitztes Wamms tragt und eine Krause wie ein Ritter? Lieber Freund, ich kenne manchen, der den Helden oder den ersten Liebhaber für trefflich zu tragiren meint, und es doch nicht über den Narren hinausbringt. Die Schelle klingelt uns allen an der Mütze, und offen gesagt — das ganze Spiel, das wir Leben heißen, würde unerträglich langweilig werden, wenn sie einmal aufhörte zu läuten. — Darum tröstet Euch!

Pandolfo
(abbrechend).

Von etwas Anderem! Mein Bruder könnte unsern Schwank mit Andrea stören, wenn er zurückkehrt. Ich gehe darum, ihn schriftlich von dem Stande der Dinge zu unterrichten; wir können ihm dann einen Boten mit dem Briefe entgegenschicken.

Buffalmaco.

Thut was Ihr nicht lassen könnt, Pandolfo. Ich erwarte Euch hier.

(Pandolfo geht ab, rechts vom Zuschauer.)

Fünfzehnter Auftritt.

Buffalmaco (allein).

Daß so wenig Leute ächten Spaß verstehen! Und wenn sie sich einmal auf einen Schwank einlassen, so müssen sie ihn regelrecht ausbauen, wie der Biber sein Haus. Wenn's nach mir ginge, ich überließe bei solcher Gelegenheit die Entwickelung dem Meister Zufall, der allezeit der beste Humorist auf der Welt ist. Der Scherz

Geibel, Meister Andrea.   7

will frei in die Luft hineinranken, wenn er
bunte Blüthen treiben soll; wer ihn ängstlich
an Latten und Pfähle bindet, dem verkümmert
er unter den Händen. (Am Fenster.) Aber was
seh' ich! Matteo selbst, der eben vom Maulthier
steigt! Ah, das giebt neuen Wirrwarr. Mein
Humorist läßt sich sein Recht nicht nehmen.

Sechzehnter Auftritt.

Buffalmaco. Matteo durch die Mittelthüre.

Buffalmaco.

Guten Tag, Herr Matteo. Schon zurück
von Prato? Und mit freudestrahlendem Ange-
sicht! Ihr kommt von einem Triumphe.

Matteo
(geschäftig seine Noten auspackend).

Ich darf wohl sagen: Ja! Mein Nebucadnezar hat einen unerhörten Beifallssturm er-
regt. In der Wuth der Begeisterung hätte man
mich fast zerrissen wie meinen Ahnherrn den
thracischen Orpheus. Ich bin so mit Lorbeern
überschüttet worden, daß ich genug hätte, und

wenn ich alle Gänse, die in unsern Ringmauern schnattern, sauer einkochen wollte.

Buffalmaco.

Ein ansehnlich Stück Arbeit, besonders wenn Ihr die unbefiederten mitzählt.

Matteo.

Und das ist noch nicht Alles. Der Herzog von Mantua war dort, der hohe Gönner aller schönen Künste. Er versicherte mich in den huld-vollsten Ausdrücken seines Wohlwollens. Und die Rosina, seine Kammersängerin, hatte die erste Sopranparthie übernommen — ein wahrer Engel — singt den Triller, den ich in G ge-schrieben hatte, im dreifach gestrichenen H! Ha! Wenn ich die immer zur Disposition hätte, ich wollte noch ganz andere Werke schreiben.

Buffalmaco.

Einstweilen müßt Ihr Euch mit Malgheriten begnügen.

Matteo.

Freilich. Doch auch die ist immer so viel werth als hundert andere Sängerinnen. Das G ist auch schon etwas. Aber wo steckt sie, wo

ist Pandolfo, daß ich ihnen von meinem Siege
erzählen kann?

(Er wendet sich gegen die hintere Thüre links vom Zuschauer, in diesem Augenblicke tritt ihm Andrea aus derselben entgegen.)

Siebenzehnter Auftritt.

Die Vorigen. Andrea.

Andrea.

Nochmals willkommen, Signor Buffalmaco!
(Zu Matteo.) Euer Diener, Herr. Habt Ihr schon
Jemanden gesprochen?

Matteo
(mißt ihn mit verwunderten Blicken).

Bis jetzt noch nicht. Ich suche meinen Bruder, dem ich die erfreulichsten Nachrichten mit-
zutheilen habe.

Andrea (zuthulich).

Da geht es Euch gerade wie mir, bester
Herr. Auch ich suche meinen Bruder. Und Nachrichten hab' ich für ihn, die den Eurigen gewiß
nicht nachstehen.

Buffalmaco (für sich).

Nun hebt der Spaß an.

Matteo (für sich).

Wer ist der Mensch?

Achtzehnter Auftritt.

Die Vorigen. Luigi kommt durch den Haupteingang.

Luigi
(von der Thüre aus zu Matteo).

Heil, Heil Euch, würdiger Meister Matteo! Euer Ruhm fliegt auf den Schwingen der Fama durch die Gassen von Florenz. Die Aufführung Eurer neuen Cantate zu Prato war ein vollständiger Sieg. Amphion rührte Steine, aber Ihr habt es vermocht, ein übersättigtes Publikum zu rühren.

Andrea
(Luigi's Rede auf sich beziehend).

Ich dank' Euch, Messer Luigi, ich dank' Euch für Eure freundschaftliche Theilnahme. Also mein Werk ist zu Prato aufgeführt worden, und hat Glück gemacht? Nun das freut mich von Herzen —

Matteo.

Aber um des Himmelswillen, was bedeutet das?

Luigi.

Ja so, Matteo weiß nicht —

Andrea (wie oben).

Was weiß ich nicht? Von der Aufführung hab' ich freilich nichts gewußt. Aber desto angenehmer ist mir die Ueberraschung. Was kann für den Künstler süßer sein, als wenn es über Nacht Kränze auf seine träumende Scheitel regnet!

Matteo (dringend).

Ich bitt' Euch, Buffalmaco, sagt mir, was soll das heißen?

Buffalmaco.

Faschingstollheit und endlose Confusion! Wartet nur, es wird noch besser kommen.

Andrea
(geht stolz auf und nieder).

Wer von Euch hätte gedacht, daß es so enden würde! Und ich kann nicht läugnen, ich selbst habe mitunter an mir gezweifelt. Aber nun erkennt mich die Welt, nun fühl' ich mich. Ich spür' es, wie die Blitze des Genius auf mich herniederzucken, wie meine Gedanken Melodie werden. (Singt.) Türülü, Türülü fangen die Hoboen an, rumdidum, rumdidum fallen die Pauken ein. Und dann geht es weiter durch generalpunktische Sonaten und contrabassistische Evolutionen in einen ungeheuren Centrifugalsatz hinein. Ja, Meister Matteo wird Euch zeigen, daß er ein Musiker ist!

Matteo
(mit steigender Ungeduld).

Bin ich denn im Tollhause? Wo steckt Pandolfo? Wer seid Ihr, Herr, mit Euren wahnsinnigen Musikphrasen?

Andrea
(vornehm mitleidig).

Wahnsinnigen Musikphrasen? — Herr, lernt Achtung vor Dingen, die für Euch zu hoch sind. Denn ich, ich selbst bin ja eben der glückliche Sieger, der frischgekrönte Musiker; ich bin der Capellmeister Matteo. (Hält ihm den Strich vor die Nase.)

Matteo (losbrechend).

Ihr? Ihr Matteo? Ein ausgemachter Narr seid Ihr, so wahr ich selbst Matteo bin.

Andrea (wie oben).

Ich kann Euch nur bedauern, armer Mann. (Mit verändertem Tone, als wenn ihm plötzlich ein Licht aufginge.) Oder nein, Freunde! Ihr habt alles abgeredet, Ihr wollt mich prüfen, ob ich mich wieder vom Dämon bestricken lasse. Gesteht es nur, und laßt es gut sein. Ich denke, ich habe die Probe bestanden, daß ich völlig wiederher= gestellt bin.

Matteo (immer drohender).

Ich weiß von keiner Probe, Herr. Aber das weiß ich, daß ich Euch von Eurem ange= maßten Platze vertreiben und nöthigenfalls die Treppe hinunterwerfen werde. Ich bin Matteo.

Andrea.

Ich bin Matteo! Freunde, helft mir gegen den Menschen!

Buffalmaco (lachend).

Eine kritische Frage: Welcher ist der Rechte?

Matteo (im äußersten Zorn).

Hinaus, sage ich, oder —

Andrea.

Wie hieß es doch nur! (Ergreift den Fliegen=
wedel als Beschwörungsstab, indem er schreit.) Exorciso te! Exorciso te!

————

Neunzehnter Auftritt.

Die Vorigen. Pandolfo mit einem Briefe in der
Hand aus der Seitenthüre rechts.

Matteo und Andrea
(von beiden Seiten auf Pandolfo losstürzend, zugleich).

Lieber Bruder!

Pandolfo
(zu Matteo).

Du bist schon von Prato zurück? Das gibt
eine schöne Verwirrung!

Matteo.

Das merk' ich. (Ihn nach rechts hinüberziehend.)
Aber vor Allem sprich, wer ist der Mensch dort?

Andrea
(ihn nach der entgegengesetzten Seite ziehend).

Ja sprich, wer ist der unverschämte Mensch
dort?

Buffalmaco
(tritt in die Mitte, mit parodirender Rhetorik).

Meine hochzuverehrenden Herrn Matteo!
Es steht allerdings nicht zu läugnen, daß seit
einiger Zeit im Reiche der Musen eine fabelhafte
Confusion herrscht. Die Musik hat den Wohllaut
aus ihren Diensten gejagt und treibt Philosophie,
die Malerei schreibt Welthistorie und die Poesie
hat sich auf den Gewerbfleiß verlegt. Aber daß
die Skulptur allen Ernstes musiciren wollte,
das ist wenigstens bis heute unerhört gewesen;
und ich armer Land= und Farbenstreicher kann
es unmöglich geschehen lassen, daß dem Drachen
der Verwirrung hier unter meinen Augen dieß
neue Haupt wächst.

(Er nimmt Pandolfo den Brief aus der Hand.)

Meine hochzuverehrende Herrn Matteo!
Ich ersuche Euch deshalb, Euch friedlich neben-
einander zu stellen, und diesen Brief zu lesen,
den Herr Pandolfo so eben nach Prato absenden
wollte. So wird nicht nur der gordische Kno-
ten Eurer künstlerischen Ansprüche in Wohlge-
fallen sich schlichten, sondern es wird euch auch
alsbald klar einleuchten, was Ihr von Euch selbst,

was Ihr gegenseitig von einander zu halten
habet.

(Matteo und Andrea treten zusammen und lesen.)

Luigi.

Nun bin ich doch begierig, bei Pluto. —
Aber sie bleiben ganz stille.

Pandolfo.

Die Stille vor dem Gewitter. Es wird bald
genug losbrechen.

(Bis dahin haben Andrea und Matteo, in den Brief ver=
tieft, das Lesen nur mit leisem Mienenspiel begleitet;
jetzt fahren sie plötzlich in demselben Moment auf, und
schauen mit gleichzeitiger Wendung des Kopfes einander
ingrimmig ins Gesicht; dann blicken sie, gleichwie um sich
völlig zu überzeugen, noch einmal in das Schreiben, und
während Matteo triumphirend gestikulirt, bricht Andrea
los.)

Andrea.

Aber das ist schändlich! Das ist unerhört!
Ein wahrer Abgrund von Abscheulichkeit! Also
bin ich doch Andrea? Ja ich hab es immer
gesagt, es war mir auch ganz klar. Aber Ihr
habt mich verwirrt und geäfft und an der Nase
herumgeführt, und Spott und Hohn mit mir
getrieben. Zum Esel habt Ihr mich gemacht,
um Euern schlechten Spaß mir aufzupacken. —

Fort, du verdammter Matteo, fort von meinem
harmlosen Aermel!

(Wischt den Strich aus und wirft sich erschöpft in einen
Armsessel.)

Buffalmaco.

Lieber Herr Andrea, vergeßt nicht, daß Ihr
uns zuerst geäfft habt. Gäste laden und sie
dann vor verschlossenen Thüren stehen lassen,
ist auch nicht fein, und man muß es solchen
Gästen schon nachsehen, wenn sie einen Schwank
ersinnen, um sich an dem unhöflichen Wirthe
zu rächen.

Andrea
(grimmig abweisend).

Geht, geht! Ihr seid alle Taugenichtse! Und
wenn man Euch in einem Mörser zerstieße, die
Schelmerei wär' Euch nicht auszutreiben. Aber
ich habe hinfort nichts mehr mit Euch zu schaffen.
Aus dem Hause will ich, aus der Stadt, aus
dem Lande. — (Er ist aufgestanden wie zum Auf=
bruch, und hat instinktmäßig den Korb mit Wein über
den Arm gehängt, dann wie durch eine plötzliche Erinne=
rung weicher.) Nur um das liebe Kind, um
Malgherita thut mir's leid, daß ich von ihr
muß —

Matteo.

Richtig! Die hatt' ich über dem Lärmen vergessen. Sprich, Pandolfo, wo ist sie? Wohin hast du sie gethan?

Pandolfo.

Sie wird auf ihrem Zimmer sein oder im Garten.

Matteo (ruft).

He, Malgherita! Malgherita!

———

Zwanzigster Auftritt.

Die Vorigen. **Malgherita, Leonetto** an der Hand führend. **Sylvia** aus der hintern Seitenthüre links.

Malgherita.

Eure Dienerin, mein Vormund.

Matteo.

Was seh' ich! Welche Frechheit! Ein junger Mann bei meiner Mündel! Herr, wie könnt Ihr Euch unterstehen, Euch in das Zimmer des Mädchens da zu schleichen! Oh — ich kenne Euch, Herr. Ich hab' Euch hier schon früher um das Haus streichen sehen wie den Fuchs um den Hühnerstall. Aber wartet! Ich will schon dafür Sorge tragen, daß Euch das Wieder= kommen vergeht!

Leonetto (ganz ruhig).

Es ist durchaus nicht meine Absicht, wieder= zukommen.

Matteo (immer heftiger).

Nun das freut mich, freut mich von Herzen. Aber auch jetzt sollt Ihr keine Minute länger bleiben, Herr. Nehmt Eure Beine in die Hand und macht Euch fort!

Leonetto.

Ganz wie Ihr befehlt, gestrenger Hausherr. Komm, liebe Frau, laß uns gehen!

Malgherita.

Gleich, lieber Leonetto. — Ich empfehle mich Euch, Ihr Herren, ich gehe mit meinem Manne.

Matteo.

Was!

Pandolfo.

Wie!

rasch in einander.

Luigi.

Beim Styx, das ist seltsam!

Buffalmaco
(reibt sich die Hände).

Bravo! Mein Freund, der Zufall macht sein Meisterstück.

Andrea
(im Gefühle der Genugthuung).

So! Das ist hübsch. Nun ist das Lachen an mir.

Matteo.

Ich bin der Thorheiten satt! Sagt, was soll das heißen?

Malgherita
(mit schalkhaftem Knix).

Daß Leonetto und ich seit einer Viertelstunde verheirathet sind.

Sylvia.

Und ich und der dicke Meister waren die Trauzeugen. Und Frau Leonetto hat mich gleich wieder in ihre Dienste genommen.

Pandolfo.

Unmöglich!

Leonetto.

Aber dennoch wahr. Hier ist der Trauschein.

Pandolfo (sieht hinein).

Unterzeichnet: Cyprianus! Der Schein ist richtig. (Zu Malgheriten.) Aber wie konntest du —

Matteo.

Ja wie durftest du dich trauen lassen, ohne meine Einwilligung, Verrätherin!

Malgherita.

Herr Pandolfo hatte mir noch diesen Morgen anbefohlen, den lieben Herrn dort in allen Stücken als meinen Vormund zu betrachten. Nun gab dieser seine Erlaubniß; in seiner Gegenwart wurde die Trauung vollzogen.

Matteo (aufbrausend).

Himmel und Hölle! Das kommt von Euern dummen Späßen. Aber du, Pandolfo, sprich, rede, unbrüderlicher Bruder, wie konnte das in deinem Hause, vor deinen Augen geschehen?

Pandolfo (verlegen).

Ich — ja — lieber Bruder — ein wichtiges Geschäft zwang mich diesen Morgen, eine Stunde auszugehen, und während dessen ist das Schändliche ausgeführt worden. Ich versichere dir, ein hochwichtiges Geschäft —

Malgherita

(neckisch, den verstellten Ton annehmend, mit dem sie ihn
im ersten Aufzuge getäuscht).

Ja wohl, guter Theseus, das kann ich
Euch bezeugen. Habt Ihr den Faden der
Ariadne gefunden? Es ist ein Endchen von
dem Seil an der Wendeltreppe, die zu Eurer
eignen Wohnung führt.

Pandolfo.

Also — du stecktest hinter der Maske?

Malgherita.

Niemand anders. Und ich versprach Euch
gestern ein Wiedersehen. Nun halt' ich Wort.

Pandolfo

(die Hand vor's Gesicht schlagend).

Oh!

Matteo (außer sich).

Unsinn über Unsinn! Aber glaubt nicht, daß
ich ruhig zuschauen werde, wenn man mich be=
trügt! Noch gibt es Gerechtigkeit in Florenz.
Ich werde Einspruch thun gegen Alles, was
geschehen ist. Cardinäle und Papst werde ich
in Bewegung setzen, um dieses hinterlistig an=
gestiftete Ehebündniß zu zerreißen, das mich

unglücklich macht, das mich ruinirt! Denn wer
soll mir nun G singen! Wer soll mir G singen!
(Er geht die Hände ringend heftig auf und ab.)

Einundzwanzigster Auftritt.

Die Vorigen. Calandrino mit einem großen
Briefe rasch durch den Haupteingang.

Calandrino.

Seid mir gegrüßt, ihr Herren! Ich glaube,
ich bringe fröhliche Botschaft. So eben gibt
ein Courier von Prato diesen Brief ab —

Buffalmaco

(nimmt das Schreiben und liest die Aufschrift).

An den Hofcapellmeister Matteo.

Andrea (rasch).

Gebt her! — (Besinnt sich.) Ach ja so — nun
ist der wieder Matteo.

Matteo (hart).

Das wollt' ich mir ausgebeten haben. (Er
hat Buffalmaco den Brief entrissen und erbricht ihn.)
Vom Herzog von Mantua! — Nebucadnezar —
allgemeines Furore — in Erwägung Eurer aus=

gezeichneten Verdienste — erledigte Hofcapell
meisterstelle — Rosina —
(Der Ausdruck seiner Züge hat sich während des Lesens
völlig erheitert; jetzt wendet er sich strahlend zu den
Umstehenden.)

Freunde, freut Euch mit mir! Und ihr,
Kinder, heirathet euch in Gottes Namen, so
viel ihr wollt. Ich gehe nach Mantua, ich bin
zum Hofcapellmeister ernannt, ich habe die
Rosina zu meiner Verfügung und die singt
bis H!

Leonetto.

Nehmt unsern Dank, Herr Matteo!

Buffalmaco.

Glückauf denn, junges Paar! Und Eure
Hand, Meister Andrea. Ihr könnt nicht grollen,
wo Alles so gut endigt.

Andrea
(reicht ihm die Hand).

Spitzbuben seid ihr —

Leonetto.

Und Ihr sollt bei uns bleiben, lieber Meister. Ihr sagtet ja, wir Dreie taugen für ein
ander. Ich habe neulich ein stattliches Haus
am Arno gebaut. Das beziehen wir zusammen.

Im großen Gartensaale richt' ich Euch die Werk=
statt ein.

Andrea (bewegt).

Ich nehm' es an, Kinder, ich nehm' es an.
Und ich will Euch im Vertrauen etwas sagen.
Ich glaube wahrhaftig, der Pater hat einen
unsaubern Geist von mir getrieben. War ich
doch bis diesen Morgen ein schwerblütiger, sauer=
töpfischer Gesell, ein ganzer Grillenfänger, der
keine rechte Freude mehr hatte, und dem Nie=
mand etwas zu Danke machte. Aber nun bin
ich wie ausgetauscht. Mein altes Herz ist wieder
frisch geworden und ich könnte lachen und weinen
aus Herzensgrund. Ja, ich ziehe mit an den
Arno. — Gott segne Euch Kinder.

Buffalmaco.

Und nun Wein her und Blumen, und den
vergessenen Schweinskopf von gestern! Er soll
heut Abend auf der Hochzeitstafel prangen.

Der Vorhang fällt.

———

In demselben Verlage sind in Miniatur=Format folgende Werke erschienen:

	Rthlr. Ngr.	fl. kr.
Becker, A., Inng Friedel der Spiel- mann	1. 15 oder	2. 36
Dingelstedt, Fr., Gedichte . . .	2. 20 „	4.30
Droste-Hülshoff, Annette von, Das geistliche Jahr. Nebst einem An= hang religiöser Gedichte . . .	1. 6 „	2. —
Fischer, J. G., Gedichte	1. 20 „	2. 42
Freidanks Bescheidenheit. Ein Laien= brevier. Neudeutsch von Karl Simrock	1. 12 „	2. 24
Freiligrath, Ferd., Gedichte . . .	2. 20 „	4. 30
Geibel, E., Gedichte. 3 Theile. Jeder Theil	2. 6 „	3. 48
— Gedichte und Gedenkblätter . .	2. 6 „	3. 48
— Brunhild. Eine Tragödie aus der Nibelungensage	1. 10 „	2. 12
Görres, G., Gedichte	1. 15 „	2. 36
Goethes Egmont	— 18 „	1. —
— Faust. 2 Theile in 1 Bande .	1. 5 „	2. —

Geibel, Meister Andrea.

	Rthlr. Ngr.	fl. kr.
Grillparzer, Der Traum ein Leben. Ein dramatisches Mährchen in vier Aufzügen	1. 10 oder	2. 12
— **Das goldene Vließ.** Dramatisches Gedicht in drei Abtheilungen .	2. — „	3. 30
Grimminger, A., Mei Derhoim. Gedichte in schwäbischer Mundart .	1. 10 „	2. 12
— **Lug-in's-Land.** Gedichte in schwäbischer Mundart	1. 10 „	2. 12
Gudrun. Deutsches Heldengedicht. Uebersetzt von K. Simrock . .	2. 6 „	3. 48
Hemans, Felicia, Das Waldheiligthum. Uebersetzt von Ferdinand Freiligrath	— 24 „	1. 24
Herders Cid.	— 24 „	1. 24
Heyse, Paul, Neue Novellen. . .	1. 20 „	2. 48
— **Thekla.** Ein Gedicht in neun Gesängen	1. 12 „	2. 24
Hölderlins Gedichte	— 21 „	1. 12
Kerner, Justinus, Letzter Blüthenstrauß	1. 6 „	2. —
— **Lyrische Gedichte**	2. 20 „	4. 30